U0869388

东北新干线杀人事件

[日] 西村京太郎——著
傅羽弘——译

时代文艺出版社
SHIDAI WENYI CHUBANSHE

图书在版编目（CIP）数据

东北新干线杀人事件 / (日) 西村京太郎著；傅羽弘译. -- 长春：时代文艺出版社, 2023.1（2023.12重印）
书名原文: 東北新幹線殺人事件
ISBN 978-7-5387-7041-4

Ⅰ. ①东… Ⅱ. ①西… ②傅… Ⅲ. ①推理小说－日本－现代 Ⅳ. ①I313.45

中国版本图书馆CIP数据核字(2022)第143764号

SŪPĀ·EKUSUPURESU SATSUJIN JIKEN
© Kyōtarō Nishimura 1983
All rights reserved.
Original Japanese edition published by Kobunsha Co., Ltd.
Publishing rights for Simplified Chinese character arranged with Kobunsha Co., Ltd.
through KODANSHA LTD., Tokyo and KODANSHA BEIJING CULTURE LTD. Beijing, China.
吉林省版权局著作权合同登记　图字：07-2022-0015号

东北新干线杀人事件

DONGBEI XINGANXIAN SHAREN SHIJIAN

[日] 西村京太郎　著　傅羽弘　译

出 品 人：陈　琛
责任编辑：刘　兮
装帧设计：青空工作室
排版制作：陈　阳

出版发行：时代文艺出版社
地　　址：长春市福祉大路5788号　龙腾国际大厦A座15层（130118）
电　　话：0431-81629751（总编办）　0431-81629758（发行部）
官方微博：weibo.com/tlapress
开　　本：880mm × 1230mm　1/32
字　　数：194千字
印　　张：9.75
印　　刷：三河市万龙印装有限公司
版　　次：2023年1月第1版
印　　次：2023年12月第2次印刷
定　　价：46.00元

图书如有印装错误　请寄回印厂调换

目　录

第一章

路边女尸

路地の死体

1

京王线[1]八幡山站起初是一座木制的旧车站，乘客不多，十分清静。如今改建为混凝土建筑，带有高架式车站，非常漂亮。周边尽是公房小区、公寓楼和商品房，因此，乘客人数也陡增了许多。不过，穿过站前的商店街之后就变得冷清了。因夏季多有痴汉[2]出没，所以这一带总是立着“小心痴汉”的警告牌。

8月5日夜，公司职员中田在八幡山站下了末班车，为了解酒，他张开大嘴深深吸了一口气，然后迈步向家里走去。

因为傍晚下了一场猛烈的雷阵雨，使得湿滑的路面呈现漆黑的颜色。

中田今年三十七岁，他如愿在此地买了商品房。

从车站到他的家，坐公交车有七八分钟的路程，但是，像今晚这样晚归，他只能选择步行。尽管如此，在东京的这个区

① 京王线，日本大型民营铁路公司京王电铁运营的铁路线，连接了东京都新宿与八王子。

② 痴汉，此处指对女性做出性骚扰或侵犯行为的男性，多出现于拥挤的电车、电梯等公共场所。

域能有属于自己的房子已经够幸运了，因为从这里走到位于大手町的公司只需一个小时左右。

车道向南延伸，途中向右转了个弯。如果沿小路斜着走过去则是一条近道。中田点上一支烟，迈步走上了昏暗的小路。他听说就在两三天之前，曾有女职员在此遭到了痴汉的袭扰，而自己是一个年近四十的男人，大概不会成为攻击的目标。

他心想，在这三米宽的小路两边适合建一些公寓楼或简易商品房之类的，可这些地方却偏偏被闲置着，有的地方甚至长了一小片杂木林。大概是因为地价太贵而卖不出去，或者也算是一种多纳圈现象[①]吧。想到这里，中田不禁十分恼火。

从站台下来，一路上还有三三两两的乘客同行，待中田走上这段小路，便只剩下他一个人了。他心里不由得闪过一个念头，后悔为了抄近道而没走公交车道。

中田陷入一种莫名的不安。

如果走大路，时而会有开着车灯的汽车驶过，而这条小路，别说没有汽车经过，就连人影也没有一个。

虽然他不担心遭到痴汉的袭击，却难保没有劫匪出没，心里想着，中田不觉加快了脚步。

走着走着，他脚下踩到了什么东西，以致险些跌倒，接着

---

① 多纳圈现象，指大城市人口流向郊区，导致中心部空虚的现象。多纳圈为欧美的一种圆环状油炸甜饼。

又一脚踩了空，待他站稳之后回头查看，发现路面上扔着一个白色的手包。原来自己是踩到了那个包上。

那是一个全新的手包，包口敞开着，露出里边的手绢。中田很疑惑，为什么这里会有一个手包？他条件反射地环顾四周，结果，他的视线停留在前方更狭窄的路面上。他没有留意窄道尽头那三栋间距很小的待售的商品房，而是将目光投向了白色广告牌的方向，就在那个写着“豪宅出售”的广告牌前边，倒着一个女人。

2

下午 1 点钟。

搜查会议开到很晚才告结束。会后，警视厅搜查一课[①]的十津川警部[②]和龟井刑警来到了事发现场。在警察到来之前，那具女尸一直躺在小路上。

“死者名叫大矢桂子，年龄二十四岁，住在前边那栋叫作‘富士见庄’的公寓里。”早来一步的当地机动搜查组刑警向十津川介绍着情况。

---

① 日本公司、政府等下属科室部门称为课。

② 警部，日本警察的职级之一，在警视之下、警部补之上。

“二十四岁，是一个白领。”

“手包中的月票里装着她的身份证明书。上边的记录显示，死者在总部位于东京的生命保险公司管理部门工作。”

“死因是什么？”

“大概是被人勒死的，详细情况还……”

“衣衫也不怎么凌乱。”

“是啊，似乎没有遭遇暴行。”

“那么，凶手为什么要杀她？”

“手包中没有发现钱包。”

“莫非是为了抢什么东西？”

“不知道。也许凶手在劫色的时候转念进行了劫财……”

“姑且当作是凶手抢劫杀人吧。”十津川自言自语。

十津川觉得若是如此，这便是一个简单的案子。

如果是熟人作案，通常会藏匿尸体，或者藏匿能够暴露死者身份的物品，怎么也不会将尸体扔在居住区附近的，因为一旦被害者的身份暴露，警方就会很容易查到凶手。由此推断，这个凶手大概不是被害者的熟人。无论凶手一开始就是以劫财为目的，还是由劫色转为劫财，这一案件都无疑是一起流窜作案。

“给我看一下她的手包。”十津川说罢，用戴着手套的手接过女人的手包。

手包里有手帕、化妆品、月票，还有人丹之类的东西，正如机动搜查组的刑警所说，里边没有钱包。

“钥匙在哪里？”十津川问道。

“什么钥匙？”搜查组的刑警反问道。

“被害人不是住在不远处的公寓里吗？她的房门钥匙。”

“包里没有吗？”

“嗯，没有。莫非凶手连钥匙一起抢走了？”

机动搜查组刑警面带微笑地说道：“不会吧。通常情况下，钥匙是放在牛奶箱里的。我在独身的时候住过公寓，因为随身携带钥匙容易丢失，所以就放在牛奶箱里，反正屋里也没有什么值得一偷的东西。”

这个刑警所言或许有道理。

“龟井，咱们是否应该到公寓去看一下？”十津川向正在查看尸体的龟井招呼道。

3

那是一栋新建的二层公寓。公寓距离杀人现场不过百米，按理说被害人本该很快就可以逃回到自己住处的。

二人从门首写着“富士见庄”的楼门走了进去。

夜深了，楼内十分安静。在一楼中间的位置有一个房间，门上有一个写着“大矢”的名签。说是名签，其实就是贴在门上的写着姓名的纸。

房门旁边果然有一个牛奶箱。龟井凑过去向里边看，说了一声“找到了”便把钥匙取了出来。

“看来那位刑警说得没错。”

“是啊。”十津川脸上露出一丝苦笑，因为此前他并不相信。

龟井用钥匙打开了房门。室内一片漆黑，龟井摸索着找到开关打开了灯。只见是一间六张榻榻米[①]大小的房间，室内带有厨房和卫生间。

房间充满着年轻女性的气息。窗上挂着花卉图案的窗帘，桌上铺着刺绣的台布，给人一种华丽的感觉。

单身贵族通常是指年轻女白领，看了这个房间，此言果然不虚。在这六张榻榻米大小的房间里，除去三面镜的化妆台，还有洋服衣柜、电视、小型音响等，而且这些东西都是高档货，价格不菲。

打开衣柜，里边挂满了服装。

“人生才刚刚开始，可惜了。”龟井语气沉重地说道。

“每个人都会觉得自己死得太早。”十津川说道。他认为不论是六十岁还是七十岁，没有哪个岁数是应该被人杀死的年龄。

“这个房间似乎跟案件没什么关系。”龟井环顾着室内，继

---

① 日本房间常以能铺多少张榻榻米来计算面积。一张榻榻米的尺寸是长约1.8米，宽约0.9米。

续说道。

当然，如果是流窜作案，就与被害人的生活无关，十津川是出于慎重才决定来这里的。

“咱们走吧。”十津川说罢便准备离开。正在这时，他的目光落在了一个地方。

“发现了什么？”龟井问道。

“你看那个书架，从上边数第二排的书全是倒着放的。”十津川皱起了眉头。

“可不，书是倒着摆的。”龟井也觉得不可思议。

不能据此断定被害者大矢桂子有着倒摆图书的癖好，因为只有第二排的书是倒着的，这一点就很不正常。

“咱们再检查一下。”十津川道。

他们拉开洋服衣柜的抽屉，刚才并未察觉到有何异样，而这次仔细一看，发现里边的内衣堆放得略微有些凌乱，甚至还有带包装纸的内衣被揉成一团塞在里边。

厨房擦拭得干干净净，洗过的茶杯和玻璃杯等器具倒扣着，摆放得很整齐，由此看出女主人是一个干净利索的人。然而，新买的内衣却被揉成一团塞在抽屉里，这令人费解。于是，龟井说道：“看来是被人翻动过的。”

4

“把钥匙放在牛奶箱里，你想想看，是不是有些奇怪?”十津川手里摆弄着钥匙上的皮链对龟井说道。

“是啊。如果是一个一无所有的独身男子，把钥匙放在牛奶箱里倒不奇怪，可是，这间屋子里有这么多值钱的东西，是不该把钥匙放在牛奶箱里的。而且我认为，随身携带的钥匙才需要配钥匙链。”

“这么说，是凶手抢了钥匙，然后潜进来找什么东西，之后将钥匙放进了牛奶箱，最后逃之夭夭了。”

“这有可能不是流窜作案，而是熟人所为。”

“也许是的。那么凶手究竟来找什么东西呢?”说罢，十津川再次环顾了一下室内。

虽然屋子里家具不少，然而毕竟只是六张榻榻米大小的房间，想要找个东西是很容易的。

“衣柜的小抽屉里有一个一百万日元存款的存折，却没有被拿走，所以说凶手不是以谋财为目的的。他从女子的手包里拿走钱包，意图是让人误以为他是流窜作案。”

“这么说来，被害人的白金项链安然无恙，也证明凶手不是谋财。那么，他的目的是什么呢?”

“从书本颠倒的情况来看，凶手是一本一本地翻看之后放回去的，而放回去的时候弄颠倒了。完全可以这样推断：他在慌忙之中只看了第二排的，即使放颠倒了也没有察觉。”

“而且是要找书中夹着的很薄的东西，他总不会翻开每一页来找保险柜吧？”十津川兴奋地说道。

十津川自然不是为自己这句拙劣的调侃兴奋，而是为找到了些许推理的头绪而高兴。虽然尚不清楚这一点头绪是否可资解决该案件，然而，即便于事无补，但与龟井抓住了推断的线索总归是令人高兴的。

“那究竟是什么东西呢？”

“通常情况下，可以认为是一万元纸币，不过，如果他是为了找钱的话，完全不必特意去一页一页地翻书，干脆偷走衣柜里的存折，然后去银行提钱岂不更好？”

“是啊，因为印章也在抽屉里。”

“其他的东西还会是什么呢？”

“如果是薄片的东西，可以想到许多，比如明信片、照片、某种证书，再就像谍战片里演的那样，可以是微缩胶卷或图纸之类的东西，还有，贵重的邮票也是可以夹藏在书里的。”

“看了这个房间就知道死者不过是一个女白领，不至于有微缩胶卷和图纸的。而且，要是那么重要的东西，凶手不该一下子就杀死她，倒是应该折磨她，逼她说出隐藏之处。可是目前只能判断凶手是先杀死了被害人，然后打开手包，取出钥匙，来到这里四处翻找。大概他以为东西很容易就可以找到。不仅如此，甚至可以推断，凶手也许以为东西就在被害人的手包里，由她随身携带着，于是立刻杀了她并搜查了手包。可惜，事与愿违，东西没在包里，所以他才偷了钥匙来到这个房间寻找的。”

“除了明信片和照片，还可能是彩票吧？”亀井补充道。

“是中了一千万日元的彩票吗？”

“是啊，近来职场流行合买彩票，我就和西本君等人买过五六次，不过最高只中过一千日元。听说如果是中了一千万或两千万，每每就会伤了和气，甚至有些人还会对簿公堂。当然，也许那是极端的例子。”

“假设是被害人和凶手一起买了彩票，或者是委托凶手买的，那么凶手也会知道彩票的号码。于是，当得知被害人中了一千万，凶手便伺机在被害人下班回家的时候将其杀死，从而把彩票弄到手。”

“凶手也许认为中的是大奖，所以被害人应该时刻将彩票带在身上，便立刻下了毒手，然后查看了手包。可惜，彩票并没在包里，于是他慌张地来此查找。”

“完全可能。一千万的大奖，足以令人动杀机哟。”

“因为不知道彩票的买主是谁，所以，到了日期便可以放心去领奖，也就没必要再偷走存折了。”亀井说道。

到底是中了一千万日元的彩票，还是写着凶手什么秘密的书信？同理，或许是对凶手不利的照片也未可知。

“看来有两个问题需要考虑。”十津川道。

“第一就是凶手寻找的东西究竟是什么。”亀井道。

“没错。再一个就是凶手是否已经找到了那个东西并且带走了。亀井，你怎么看？”

“从他将钥匙放在牛奶箱里然后才离去这一点看，我认为凶手已经找到东西并且带走的可能性很大。”

5

十津川叫来法医，命其采集室内的指纹。

法医连牛奶箱里的钥匙上的指纹都采过了，却没有找到任何线索。因为房间的廊柱、门把手还有家具都被擦拭得非常干净，钥匙当然也不例外。

莫非凶手是戴着手套作案的？抑或是用手帕或毛巾擦拭过？

但是，十津川他们也并非一无所获。既然房间的钥匙上没有任何人的指纹，那就说明此前那个人同十津川他们一样也是戴着手套开门的，或者是事后擦掉了指纹。不管怎样，那个人都不可能是被害人，因为在如此炎热的天气里，不会有人特意戴上手套开自己的房门的，况且女尸并没有戴手套。由此可以断定，打开这个房间并搜查了室内的人一定就是那个凶手。

天刚放亮，世田谷警察署就成立了搜查总部[①]，正式开始着手侦破工作。十津川带着龟井来到位于西新宿的被害人大矢桂子就职的生命保险公司。那是一家大公司，占据着西新宿大厦从一层到五层的楼层。

十津川他们见了管理课课长小杉。小杉身材瘦小，头发稀疏，因此显得有些老气，但谈吐却像是年轻人，或许只有三十岁出头。

“大矢君遇害了？到今天我还是不敢相信。”小杉循规蹈矩地说道，不停地眨动着眼睛。

“她是个怎样的姑娘？”十津川问道。

课长办公室与大厅之间是一面玻璃墙，课员们的工作状态尽收眼底，一目了然。

“不是我夸她，大矢小姐是个性格随和、温柔敦厚的姑娘。到底是宫城县人，做事认真，能吃苦，所以大家都喜欢她。可是为什么这么好的一个姑娘偏偏遭此横祸呢？”

“是啊，我们在查案的时候也觉得老天竟然是如此不公平。在贵公司与大矢小姐最要好的是哪位？”

“我去叫一下。”说罢，小杉出去把与大矢同时入职的女职员铃木惠叫了进来。

---

① 搜查总部，为特殊案件临时成立的专项案件侦查组（专案组）。

大概十津川和龟井觉得当着课长的面不便问案，于是请铃木小姐来到大厦地下的一家咖啡店。问话的主要是龟井。

“你和大矢小姐在公司工作几年了？”

“三年了。”

“大矢小姐有男朋友吗？”

“交往的男性倒是有几个人，不过好像还没有谈婚论嫁的，如果有的话，她一定会对我说的。”

“大矢小姐买过彩票吗？”

“买过什么？”

“彩票。不是有一种一等奖一千万日元的，还有前后合计两千万奖金的彩票嘛，也许还有更高的。她没有买过那种彩票吗？”

“嗯，不清楚她是否买过。”

“你们课里有没有大伙合买彩票的情况？”龟井再次问道。

“这么说好像是有过。前些天就有五个人一起买过，听说中了一万日元，还引起了小小的轰动。”

铃木惠一一说出了那五个人的名字。

“大矢小姐没有参与其中吗？”十津川从旁问道。

“我没有听说她跟别人一起买过彩票的事情。”

“也没有听说她本人是否买过彩票吗？”

“嗯，没听说过，不过我倒听她讲过希望自己有钱，所以或许她偷偷买过也说不定。”

“那就是说，她没跟大家说过自己中了彩票。”

“嗯，没说过。”铃木答道。

很自然，就算买了彩票中了奖，如果是一百万或许会得意地炫耀一番，要是中了一千万，任谁都会秘而不宣的。所以，或许大矢桂子买过彩票，中了一千万甚至两千万。如果这就是杀人动机的话，说明凶手知道她中了大奖，而好友铃木不知道。

“再问你一遍，她有男朋友吗？”龟井道。

“有几个普通朋友，但是还没有发展成恋人关系。”铃木惠答道。

“可是，我觉得一个二十四岁的姑娘竟然没有男朋友，这有些不合常理啊。”

“她是东北人。”

“这与有没有男朋友有什么关系吗？”

“她说过她的家在仙台郊区，还说在东京工作几年就回仙台去生活，对，她就是这么说的。所以，她觉得要是结婚的话，还是回家乡找另一半比较好。她说父母已经给她找好了相亲的对象，打算下次回去就与那个人见一面。”

“原来如此，她说过什么时候回去吗？”

“我记得她说是打算8月8日星期天回去，在家乡待五天，因为我们公司可以轮休暑假。”

“哦。”龟井的目光黯淡起来。

被害人原本打算回到故乡与父母相聚的。今天是8月6日，再过两天本就可以见到父母双亲了，她的心里一定是充满了期待，然而，她的美梦破碎了。

经过查证，正如铃木惠所言，被害人提交了休假到12日的申请。

“大矢还说要坐新开通的东北新干线回老家，当时她非常高兴。”

“东北新干线？可是，8月8日是星期天，学校也放假，车票恐怕不好买吧？”

听了龟井的问话，铃木笑着回答道：“车票早就买好了，是我陪她去东京站买的。”

“你也打算去仙台吗？”

“不，我从15日开始休假，去关岛。那天正好是7月最后一个周日，我们一起去看电影，大矢说先去买车票，我就陪她去了。她还一狠心买了头等车厢的票。”

“头等厢车票可不便宜哟。”龟井点着头，与十津川对了一下眼神。

6

彩票、明信片、照片，还有头等厢车票，十津川和龟井的脑海里浮现出这一连串的东西。可是，在被害人的手包里没有新干线的车票，车票完全可能夹在书里。

铃木惠离开之后，龟井问十津川："警部，罪犯会不会是为了找一张车票而杀死一个人呢？"

"大概不会的。就算东北新干线8月8日头等车厢的票已经售光，但因为到仙台只有两个小时左右的路程，即便买站票也是无所谓的。"

"是啊。东北新干线是挂十二节车厢的，较之其他列车的十六节少四节，头等车厢也只有一节，所以，现在想要买8月8日的票是买不到的了。但正如您刚才所讲，如果买站票也不过是站两个小时，到终点站盛冈也不过三个多小时，都是可以忍受的。而且也可以坐旧线路的列车，或者自驾走东北公路也可以，不过会比坐新干线时间长一些。"

"道理是这样的，可我还是心存疑惑。如果车票在手提包里，那就不成问题了。"

"我检查了被害人在公司的工位，抽屉里边没有发现车票。"

"我们再彻查一下她在八幡山的公寓房间，最好能找到8月8日的车票，如果找不到的话，就有必要重新考虑一下这个案子了。"十津川说道。

下午，十津川派了两个年轻警员到八幡山彻底检查了大矢的房间。可是，依然没有发现那张8月8日从大宫到仙台的东北新干线头等厢车票。

然而，即便没有找到车票，十津川也不相信凶手会为了一张头等厢车票而杀人。如果凶手非要在那天回仙台的话，用不着非得杀死大矢桂子抢走车票，完全可以买一张站票，无非是站两个小时而已。或者如龟井所言，他还可以坐旧线路列车，或是自己开车；即使自己没有车，也可以叫出租车，何况还有返乡客车可以利用。总之，十津川认为凶手不会是为了车票而杀人。

“你认为不可能吗？”龟井问道。

“凶手的动机不会是为了一张去仙台的车票。不妨假设一下，就当是有一个人不希望大矢桂子回到仙台而杀死了她，并且是在她返乡日期临近的时候下了手。可是，因为两个人之间有某种关系，所以动机一旦暴露，凶手也必然会暴露，于是凶手无论如何都要找到那张去仙台的车票。你觉得我的分析有道理吗？或者凶手担心一旦车票被发现，警察就会将案件与被害人返回仙台老家的事联系起来。”

“有道理。如果是这样的话，凶手盗取一张小小车票的理由就说得通了。”

“不过，或许新干线的车票是被害人自己弄丢的也未可知。凶手想要找的东西依然可能是中了一千万元的彩票，或是写着他秘密的明信片以及照片之类的东西。”龟井认真地说道。

十津川也明白，在现阶段以此为结论开展搜查是靠不住的，因为一旦弄错凶手的动机，就会将搜查引入错误的方向。

总之，还没弄清凶手究竟要找什么东西。

晚上，被害人的父母从仙台赶到了东京。

大矢桂子的遗体已在T大学医院做完了解剖。她的父母来到之后很快就看到了遗体，虽说大矢小姐有一个已婚的哥哥和一个妹妹，但她的死还是给了二老沉重的打击。

虽然十津川多次见过这样的场面，但他每次都觉得十分难过。所以，在龟井安慰家属的时候，他只在旁默默地注视着。

半个小时之后，十津川才跟两位老人说了一句话："请老人家节哀顺变。"

果然是淳朴的东北人，老人用凝重的语气回答道："让你们受累了。"

明明自己是受害者，却向警察道辛苦，十津川心中感到阵阵痛楚。

"您女儿原打算在8月8日回仙台的吧？"

"是的。她打电话说请了四天的假。原本再过两天，我女儿就该活蹦乱跳地回家了。"父亲用低沉的语气说道。

"她说没说8日几点到仙台？"

"她说电车傍晚到仙台站。我说去车站接她，她却说不用。事到如今，说什么都没有用了。"

"傍晚？是几点钟呢？"

听到十津川的问话，大矢的父亲有些不确定，于是将目光转向妻子问道："桂子她说几点到站来着？"

"她没说时间。我问她要不要准备晚饭，她说要的。"

“你们家吃晚饭的时间固定吗？”

“通常都是晚上 6 点。这有什么问题吗？”

“从仙台车站到你们家需要多长时间？”

“坐公交车大概半个小时。”大矢的母亲不解地看着十津川。

十津川是想知道大矢桂子乘坐新干线的时间。

简单地推算一下，基本可以断定大矢桂子计划在 8 月 8 日傍晚 5 点 30 分到达仙台。由此反推，她应该是要乘坐下午 3 点 30 分从大宫发车的东北新干线。当然，这只是十津川的推断而已。说不定大矢桂子买了更早的车次，到仙台之后去见某个人，然后赶在 6 点的晚饭时间回到父母家中。如果是这样的话，她一定会买更早发车的车票。

“您女儿经常回仙台吗？”十津川问道。

“今年的新年她回来待了三天。一般情况下，她一年能回来两次。电话是经常打回来的，我们也会给她打电话。”父亲答道。

“您女儿有什么烦心的事情吗？”

“绝对没有。她很喜欢在东京生活，这次说要回来，她也很高兴。”

“听说这次回来，你们要给她安排相亲？”

“是的，一个亲戚给介绍的。”母亲说道。

“对方是什么人呢？”

“是一个三十二岁的小儿科医生，桂子也喜欢孩子，所以我们还觉得很般配的。可是现在一切都没有意义了。”

“能告诉我那个医生的名字吗？”

听了十津川的问话，母亲皱起了眉头，道：“这跟我女儿的死有关系吗？”

“有关您女儿的事情我们知道得越多越好，或许从中能找到抓捕凶手的线索。”

“他叫舟桥一郎，现在是仙台市一家综合医院小儿科的医生。那家医院叫藤本医院。”

“这么说，您二老见过舟桥医生吧？”

“嗯，见过几回，还跟他介绍过我女儿的情况。”

“您女儿这边你们是怎么交代的？打算突然提出让她相亲吗？”

“不是的。事先写信告诉过她，还给她寄了对方的照片，所以，我女儿也同意相亲。我本以为他们俩能成为一对好夫妻的……”母亲说到这里语塞了。

那封信和医生的照片，警察在大矢桂子的房间里都找到了。舟桥是一位青年医生，颇有运动员气质，加之母亲在信中还夸他身材魁梧，性情随和，对年轻女子来说是很理想的对象，因此，大矢桂子对相亲也充满着期待。

“你认为照片上的这个人与本案有关吗？”龟井看着照片向十津川问道。

“医生，年轻，美男子，身材魁梧，这些对年轻女子很有吸引力。即便他同时有两三个女朋友也不奇怪。”

“其中一个女人得知他要相亲，于是杀死了大矢桂子？”

“因为大矢是被勒死的，所以凶手应该是个男人，也不排除是女子雇凶杀人。凶手担心一旦8月8日去仙台的车票被发现，即使他做出偷盗东西的假象也会暴露真正的动机，因此才来到死者房间里搜寻车票。就目前的情况来看，除此之外，凶手没有非要找到车票的理由。”

“起初您不是很在意列车的时间吗？”

“我希望车票本身对破案有价值。可如果真是你说的那样，这个案子就更复杂了。”

7

十津川丝毫不希望案件变得复杂。

他们委托宫城县警方[1]调查了舟桥一郎，反馈的结果是，该医生品行端正，没有男女关系方面的负面传闻。既然如此，他与大矢桂子相亲的事情应该是没有什么不正常的了。

彩票方面的线索也变得模糊了。他们调查了近期高额奖项的所有中奖人员，没人与大矢桂子有任何联系。不会有人为了

① 仙台市隶属宫城县，是宫城县的首府，所以委托宫城县警方调查。

五万日元或十万日元的彩票奖金而杀死大矢桂子，因为如果是图财的话，凶手应该拿走那一百万日元的存折才对。

十津川心想：问题的关键依然是那张8月8日东北新干线头等厢车票。

这样一来，正如十津川此前所疑惑的，凶手为什么要偷走车票？何至于为了一张车票而杀人害命？真是令人百思不得其解。

当然，也不能忽视流窜作案的线索，因为杀人者和入室者很有可能是两个人。

经过对八幡山周边形迹可疑之人的排查，有若干人被举报出来，可是这些人却都有不在场证明。

似乎也没有对大矢桂子恨之入骨、不杀不足以泄愤的人。大矢在公司的同事中人缘不错，在公寓的住户中口碑也很好。

大矢桂子做白领已经三年，从其殷实的生活状况来看，能有百万存款也不足为怪，而且，依她的性格，她是不会做出背地里勒索他人的举动的，因此，凶手也找不到威胁她的把柄。

看来焦点还是在东北新干线的车票上。

第二天，十津川再次会见了大矢桂子的朋友铃木惠。

“还是8月8日车票的事。”十津川说着，想到今天已经是8月7日了。

“到东京站买票那天，你也去了吧？”

“嗯，是她亲口说让我陪她去的。”

“你还记得她买的是几点钟的票吗？就是说，几点钟从大宫发车？”

“不知道。我只知道是 8 月 8 日的头等车厢。”

“可是，你们不是一起去的吗？”

“是的。不过当时买票的人排着队，所以，在她买票的时候我去了礼品店，等我回来的时候，她已经买完了票。”

“你没看到车票吗？”

“看到了。”

“那应该看到车票上的字吧？”

“我记得有个数字 1。”

“是下午 1 点吗？”

“不是，我觉得应该是座位号。”

“那就是 1 号座了？”

“应该是的。”

“还记得别的吗？”

“听她说是靠窗户的位置。”铃木惠答道。

新干线头等车厢的座位有四列，由此推断，应该是 1A 或 1D。那么，大矢桂子买的就是 8 月 8 日东北新干线头等车厢，大宫到仙台的 1A 或 1D 号座位。

东北新干线一共有十三站，依次为大宫、小山、宇都宫、那须盐原、新白河、郡山、福岛、白石藏王、仙台、古川、一关、北上、盛冈。在这条线路上，有在各站停车的“回声”系列“青叶号”列车，还有只在大宫、宇都宫、郡山、福岛、仙台、古川、一关、北上、盛冈九个车站停车的“光”系列“山神号”列车。

大矢桂子打算乘坐的大概是去仙台方向的“山神号”，而且不可能是晚到的列车。

目前，东北新干线有下列车次在运行：

	上行[①]	下行
山神号（大宫—盛冈）	8车次	9车次
山神号（大宫—仙台）	4车次	3车次
青叶号（大宫—仙台）	6车次	6车次

仙台方向下行的“山神号”列车共有十六车次。为了弄清大矢桂子究竟买的是哪趟列车，龟井和年轻刑警樱井来到了东京车站，调查得知大矢是在7月31日星期天购买的车票。他们本以为查清此事就万事大吉了，却发现仅这一天就卖出二十九张8月8日去仙台的头等厢车票。结果还是没有弄清大矢桂子乘坐的“山神号”的发车时间。

为了一张东北新干线的车票竟出手杀人，想来是很愚蠢的，

① 在日本，以东京为中心，开往东京方向的列车称为上行列车，反之称为下行列车。

但同时也令人感到毛骨悚然。

“彩票的线索和形迹可疑之人的线索都没价值了，被害人因仙台老家安排相亲而招致祸事的可能也不存在了，这样一来，就只剩下东北新干线头等厢车票这一条线索了。”十津川在第二次搜查会议上讲道。

闻听此言，搜查一课本多课长说道：“不过，十津川君，是否会有人为了一张车票而杀人？如果非要乘坐那班列车，买一张票就可以了，无非站个把钟头而已。难道购买 8 月 8 日东北新干线的车票会有什么赠品吗？”

“那倒是没听说过，何况票价还不足一万日元。可是，被害人那张车票的确不见了。为此，我们用了两天时间搜查了她的房间，结果还是没有找到。”

“一张票不至于被弄丢吧？”

“弄丢的可能性不是没有，因为我就丢过车票。不过，我丢的车票都是很容易再买到的，通常也就是一千五百日元左右的票，可是被害人的情况就不一样了。因为是返乡高峰的车票，一旦丢失并不容易马上买到。而且，被害人遇害是在 8 月 5 日的晚上，距离 8 日仅有三天时间，一旦丢失，她自然会十分焦急，也应该会跟好友铃木小姐说的，可是，并没有迹象说明发生了此类事情，因此很难断定她是否弄丢了车票。”

“丢了东西而没有察觉的情况时有发生，毕竟还有三天时间嘛。”

“我也这么想过。可是，凶手杀人之后，确实到她的房间里翻找过。而且，凶手要找的肯定是可以夹在书本里的又薄又小的东西。眼下，照片、便签和彩票之类的线索都失去价值了，这样的话，就只有东北新干线车票这一条线索了。因此，暂且不管大矢桂子是否自己把7月31日购买的车票弄丢了，我认为凶手一定是为了得到那张票才杀死了她。”

“这样一来，岂不又回到我们最初的疑问了吗？为什么凶手为了一张车票而不惜杀人害命？”

8

大家各抒己见，十津川他们逐一排除掉各种可能性。

莫非凶手想要在8月8日去仙台？即便如此，根本没有必要杀死大矢桂子去抢她的车票。如果认可没有座位的话，只需买站票就可以搭乘那趟列车的，况且去仙台除了新干线之外还有其他交通工具可以利用。不然的话，可能性就只有：凶手不仅仅是要乘坐8月8日的新干线，而是非要坐大矢桂子买的那个座位。

问题就在这里。

或许世上有这种偏执的人，一旦想要乘坐头等车厢靠窗的座位，就无法改变想法而非坐在那里不可，甚至不惜杀人也要满足自己的愿望。

当然，如果真是这样的话，那么结果是很可怕的。可是，这种人一旦自己的愿望得到满足，顶多会心满意足地坐在窗边一直到仙台，通常不会继续犯罪的。

十津川担心的是凶手出于某种目的杀死了大矢桂子又夺走了车票，之后还在计划新的犯罪，对此必须要防患于未然。

十津川带着龟井一起来到国铁①总公司，拜访了总裁秘书北野浩。

因为以前处理过若干起铁路上的案件，所以他们彼此相熟。但过去都是北野来找十津川请求他处理案件，这次却不同以往。

“二位在平安无事的时候前来造访，这可是破天荒头一次哟。”北野面带笑容欢迎两位警官的到来。

“今天是来向你求助的。”十津川说道。

“什么事？不会是想搞几张车票吧？”

“车票的事情今后少不了麻烦你的，可是今天不是为了这个。有没有政府要人乘坐东北新干线去仙台的消息？比如运输大臣什么的。”

“没接到相关信息。大臣级别的官员乘坐国铁，通常都会提前通知的。”

“外宾也没有吗？”

---

① 国铁，日本国有铁道的简称。

“8 月 8 日，那不就是明天吗？”

“是的。”

“刚才听说法国副总统夫妇应我国政府之邀正在日本访问，夫妇二人明天乘坐新干线去京都，可是这跟东北新干线没有关系。”

“经济界要人的消息呢？”

“一点儿也没有。我经常在东海道新干线上见到松下幸之助[①]，一般只有一两个年轻职员随行，他老人家是很低调的。当然，事先我们是没有任何消息的。”北野说罢，眼神里流露出一丝不安，“明天，东北新干线有什么事情要发生吗？”

“正因为不知道要发生什么，所以我们才感到困惑。”

接下来，十津川将案件向北野和盘托出。

“您将搜查方针讲给我这个局外人听，这合适吗？”北野一脸惊讶地看着十津川。

十津川微笑着说道：“外行看热闹，内行看门道。虽然抓捕凶手是警察的工作，可是铁路上的事情我们是外行，而您才是专家。我想知道凶手究竟为何不惜杀死大矢桂子也要夺取明天东北新干线的车票，所以，我希望能与你们合作。”

“可是，这是杀人案哟。这方面您和龟井警官才是专家。”

“正如您所说，如果凶手的目的不在于车票而只在于杀人，

① 松下幸之助（1894—1989），日本实业家，松下电器的创始人。

抓捕凶手我们算是内行，不会劳烦您的。可是，这个案件的嫌疑人还没有露出一丝马脚，目前只能推断他是为了新干线的车票而杀了一个女人。如果确实如此，那么明天在东北新干线上可能会发生什么事情，为此我们惴惴不安。我们既想抓住凶手，同时还要预防明天有新的案件发生。”

“原来如此。”北野点着头，陷入了沉思。

虽然国铁在许多方面遭人诟病，但新干线却是一张王牌，不单单在经营方面贯彻黑字[①]方针，而且近二十年人身伤害事故为零，安全性深得国民的信赖。做到这一点是很不简单的，如果没有这一新干线神话，如今的国铁简直乏善可陈。换言之，国铁还能得到国民些许的信赖，大部分是托了新干线的福。因此，东北新干线和上越新干线必须保持这一良好的声誉，因为这关乎国铁今后生死存亡的问题。

“作为国铁一分子，我决不能坐视任何不测案件发生。”北野说道。

9

北野继续说着：“不过，十津川警部，我刚才说过，明天的

① 黑字，指盈利。

东北新干线既没有政府要员也没有外国贵宾乘车，而你们只是提出了‘明天的东北新干线’这一条信息，有些过于笼统，我实在不知如何应对哟。”

“这也是我们感到头疼的问题。我们目前所掌握的也只有东北新干线下行去仙台的头等厢车票这一线索。对了，那张票是靠窗户的。最关键的是时间，我们不知道那趟车几点钟从大宫出发。”

“明天的‘山神号’下行列车有十二个车次哟。别说没办法调查每一个车次头等车厢的所有乘客，就算进行调查的话，将导致多车次列车的时刻出现变动，这对于刚刚开始运行的东北新干线来说，那影响可是非同小可啊。”

“我们去东京站问过明天车票的销售情况，据说乘车率超过了百分之百。”

“承蒙乘客认可，明天下行列车对号入座的票，包括头等车厢的车票，都已经卖光了。我想‘山神号’的乘车率会是百分之一百二十到百分之二百。”

“头等车厢座位的定员是多少人？”

“五十二人。”

“这么说，十二班列车就是六百二十四人。如果明天这六百二十四个座位坐满了乘客，那么其中一人就应该是杀害大矢桂子的凶手。”

“话是这么说，可是凶手只是一个人哟。就一个人他能干什么呢？”

北野的话音刚落，十津川使劲地摇着头道：“就是因为无法断定是一个人才令人担心啊。”

“十津川警部，根据您的推断，不是说凶手只抢走了一张头等厢车票吗？那么乘车的也只能是一个人。”

“按理说也许是那样的，但是也可能是两个人，甚至是一个团伙。他们计划乘坐明天某列‘山神号’，并在头等车厢中图谋什么事情。于是，他们去车站买了票。但不知为何其中一人没有买到车票，而缺少一人的话，他们的计划就难以实施，于是便不惜杀人也要弄到那张票。”

“这么说也有道理。”说罢，北野的脸色已经变得苍白。因为在他的脑海里浮现出凶手劫持新干线的场面。

客机时常遭到劫持，幸运的是，新干线尚未有被劫持的记录，不过，此前北野时而想过一旦发生此类案件将会怎样，每次想到都会不寒而栗。即便是大型波音飞机被劫持，人质顶多五百五十人，可是十六节车厢的东海道、山阳新干线的乘客超过一千三百人，东北、上越新干线虽然是十二节车厢，但是乘客也在八百八十人以上。

“莫非有人要劫持新干线？”北野面色铁青地问道。

十津川似乎是为了缓解北野的紧张情绪，很快回应道：“那倒不会。”

“怎么不会？刚才您不是说凶手也许是多人吗？”

“我是说过，但是，如果他们以劫持列车为目的，没必要专门选择头等车厢，而是应该选择有驾驶室的机车[①]才对。”

“您这样说，我就更糊涂了。”

“能给我看一下头等车厢的平面图吗？”

看着北野提供的平面图，十津川再次确认了1A和1D的座位确实是在车厢的两个角落里。

“凶手为什么想要角落里的座位呢？”

龟井抱起双臂思考，北野也表示莫名其妙。

十津川沉思之后说道：“1A和1D的旁边有应急制动阀门和安全门。如果凶手拉动应急阀门使新干线停车，就可以从安全门逃脱。”

“不可能。”北野笑着说道。

“为什么呢？两三天前的报纸上就报道了一条消息，说有一名乘客拉动了安全门的阀门导致紧急停车，然后打开安全门跳到铁道上逃跑了。”

“那个消息我也听说过，不过那件事发生在东海道新干线。”

“东北新干线也会发生类似情况吧？”

“绝对不可能。如果您坐过东北新干线就会明白，新型列车的车厢里没有安全门和应急制动阀门。”

“是吗？”

---

① 机车，用来牵引车厢行驶的动力车，此处指的是列车车头。

“东海道新干线自开通以来，从未发生过需要乘客从安全门逃脱的事故，上次的案件不如说是一个恶作剧，所以新车厢不再设置安全门了。东海道、山阳新干线的新车也没有了。不论是头等车厢还是普通车厢都没有安全门和阀门。”

“这样的话，凶手特意选择1A、1D的理由岂不更令人费解？”龟井叹气道。

“东北新干线方面是否收到过恐吓信？”

闻听十津川的问话，北野面带苦笑地答道：“收到过若干封。开通新干线这样的大工程，自然有人受益，同时也有人利益受损。既有因为噪音问题而不满的人，也有因为搬迁生气的人。虽然有些人的利益并没有直接受损，但是也会因为列车没有在自己的城镇设站点而大为不满。”

“这些投诉中有没有声称要在8月8日惹事的？”

“据我所知还没有。如果有明显恐吓的内容，在国铁内部会引起重视的。”北野回答道。

于是，十津川与北野约定保持联系后，便与同事离开了国铁总公司。

10

回到搜查总部不久，十津川接到刑事部部长三上的电话，要他去见面。于是，十津川来到了警视厅。两人刚一照面，三上便厉声呵斥道："你为什么搞出这么大的声势？"

虽然十津川知道上司的火气从何而来，但他还是觉得有些不解："您说的是……"

"你特意跑到国铁总部去，说什么明天的东北新干线会发生案件，这不是无事生非吗？"

"这话是谁跟您讲的？是那个总裁秘书北野吗？"

"不，是运输政务次官安田。他在国铁系可是一个重要人物！他说新开通的东北新干线运行良好，任何人不许生事抹黑。你有确凿的证据保证明天会出事吗？"

"有一个人为了弄到明天新干线头等厢的车票，杀死了一名无辜的女职员。"

"这件事我当然知道，可是，你找到证据了吗？不就是一个女白领被人杀害，她的车票不见了吗？凶手为了弄到东北新干线的车票而杀死了这个女人，不过是你的想象。基于这一想象就推断明天的东北新干线会发生什么案件，你不过是在自己的想象之上又加了一层想象而已，这样不行！"

"我很担心我的想象会变成现实。"

"那你认为具体会发生什么事情呢？"

"不知道。"十津川坦率地回答道。

三上部长使劲地缩了一下脖子，道："这么说岂不是没有道理！与其让国铁当局和运输省提心吊胆，你莫不如用心去抓捕杀害女白领的凶手。”

“我正是为了抓捕凶手才请求国铁全力配合的。”

“可是人家不这么想。”

“那只是政务次官安田个人的想法吧？”

听了十津川的话，三上怒气冲冲地说道：“安田的想法就是国铁的意见！”

十津川失望地走出部长室。此时，搜查一课本多课长正在等他，本多笑着对他说道：“被教育了吧？”

“要我只抓捕凶手，不必在意国铁。”

“你真的认为东北新干线明天会出事吗？”

“我确信。凶手不惜杀人也要弄到车票，他不会无缘无故这么做的。”

“那么，明天你得去大宫一趟了。”

“可是，部长要咱们别多管闲事。”

“大人物总是想多一事不如少一事，你不会听他们那一套吧？你说该怎么办？”

“多一事不如少一事的话就无法抓捕凶手。”

“是的，我也有同感。”

“可是，部长那边怎么办？”

“这事我来处理吧。这么多年了，大人物们的脾气我早就摸透了。”

本多说罢，笑了笑又问道：“从大宫车站始发的东北新干线几点发车？”

“早上 7 点 15 分。”

“明天得早起了。”本多明白，十津川已经决意去大宫车站了。

第二章

17次『山神号』列车

『やまびこ』17号

1

天亮了。

感觉这一天也会很热。十津川通常对炎热的天气很反感，可是，今天他醒来便开始收拾行装，去上野车站与龟井会面。

十津川心想，杀害大矢桂子的凶手今天肯定会使用死者的车票乘坐东北新干线的列车，可是，凶手的下一步行动尚不明了，为此他感到十分焦虑。

最重要的情况一无所知。究竟是大宫始发的哪班“山神号”列车？凶手的目的是什么？如果不弄清楚这一点，就无法与凶手较量。

东北新干线、上越新干线的列车都是从大宫始发的，所以，从上野到大宫的旧线路路段需要乘坐新干线区间列车。最近，行驶在首都圈和行驶在东海道干线上的“舞女号”185系客车就是利用这种区间列车运送旅客的。

开往伊豆的“舞女号”列车车体是象牙白的，并配以三条绿色斜杠，是一种全新的设计，这里的“舞女号”则是象牙白色车体配以绿色的带状横纹。在习惯了绿色和橙色车厢的人们眼里，这白色的车体显得很时尚。

因为尚不清楚凶手乘坐几点的列车，十津川和龟井权且买了去仙台的车票。他们登上了早上6点33分发车的区间列车。该列车只允许持有新干线车票的旅客乘坐，所以是直达大宫的。十津川上车之后，环顾了一下车厢，因为他认为凶手也许会乘坐这趟列车。

二十六分钟之后，列车到达了大宫。十津川是第一次在大宫站下车，以前去青森的时候乘坐的都是过路车，每回都下意识地看看窗外，在他的印象中，那时的大宫站是个平凡无奇的车站。而如今眼前的大宫站已经发生了巨变，建成了地下一层、地上三层的车站大楼，将原来的铁路包围起来。

十津川他们乘坐的1号区间列车滑进了一层的站台。出了检票口是站内通道，高高的天井一贯到顶，而且是玻璃拱顶。十津川想起自己曾在报上看过报道，据说这个玻璃拱顶是大宫车站引以为傲的标志之一。只需按动一个按钮，拱顶就能开闭自如，大概现在时间尚早，所以拱顶还没有打开。

十津川和龟井乘坐直升梯来到位于三层的月台。大宫站的建筑部分长度为四百二十米，宽六十米，高二十四米，是东北、上越新干线各车站中最大的。屋顶是用厚重的混凝土建造的，并且开辟出了可容纳四百辆车的停车场。

从检票口看过去，月台有三面，共有六条铁路线。

此时，早7点05分发车的11次“山神号”列车已经驶入站台。较之东海道新干线列车，“山神号”车头更大、更漂亮，象牙白的车体上涂着绿色的线条而非蓝色的，机车车头上安着一种叫作雪铲的除雪器。该列车有十二节车厢，虽然较之东海道新干线少了两节，但其总长也足有三百米。

眼下正值暑假，因此月台上有许多儿童和举家出行的人。

再过七分钟，7点15分的“山神号”即将发车。

“怎么办？咱们坐那趟车吗？”龟井问道。

十津川有些犹豫，因为“山神号”去仙台的下行列车包括这趟列车共有十二个班次，他不知道凶手会乘坐哪一班。

“看看情况再说吧。”

十津川的话音刚落，身后便传来一个男人的声音。

“十津川先生！”

十津川回头一看，竟然是北野。

“真是让你们费心了。我去上班，正好路过这里。”北野说道。

据说北野的家就在附近。

“那天见面之后是否接到针对东北新干线的恐吓信？”十津川望着月台问道。

“没有。但您讲的事情传到了公司总裁的耳朵里。”

“运输政务次官安田给我们上司发出了警告，要我们不要引起恐慌。”十津川露出了苦笑。

北野缩了缩脖子道：“那些人就知道多一事不如少一事。”

在北野说话的当口，7点15分发车的“山神号”列车慢慢驶出了站台。

“您打算监视哪辆列车？”北野看着进站的201次“青叶号”列车问道。该列车将于8点20分发车。

“就是因为无法确定，所以我心里没底。”十津川坦率地答道。

龟井接着说道：“‘山神号’有十二趟下行列车，不可能一一监控起来，再说，现在还没有事情发生。也许我们的担心只是杞人忧天，那样的话，就更指不上铁路安全负责人的合作了。”

“所以，我要赌一次。”十津川说道。

“赌什么？”

“被害人大矢桂子曾给仙台的父母打过电话，说她8月8日回去，也就是今天，还要家里给准备晚饭。”

“你的意思是说，她打算在能赶上晚饭的时间乘车？”

“也许跟晚饭的时间没有必然联系，她只是想在回家那天吃上家里的饭菜，所以才那么一说，不过，咱们考虑那么多也没什么用。她父母总是在晚6点吃晚饭，因此，为了保证时间上来得及，她最晚要乘坐下午3点钟那个时段从大宫发车的列车。所以，我想咱们就坐那班‘山神号’。”

“到下午3点还有很长时间啊。”

“就在这里等，如果新干线列车有什么事情发生，咱们就立刻赶过去。一旦有事发生，肯定就与东京杀人案有关。”

“那你们究竟打算乘坐几点的‘山神号’呢？”

十津川抬眼看着墙壁上的列车时刻表说道：“因为下行的‘山神号’每隔一小时发一次车，所以，我打算乘坐下午3点15分的17次‘山神号’。但愿那个杀人凶手也在那趟车上。”

“我是很想帮助你们的，可是，我现在就得去国铁总公司。反正现在还没有您说的事情发生，我也无能为力。”

“明白。”十津川微笑着说道。

“您估计会发生什么事情呢？”

“昨天跟您交过实底，我们现在毫无头绪，所以才求您帮忙的。”

“一旦有事，请您随时吩咐。”

“刚才说过了，我们将乘坐下午3点15分的‘山神号’，不过，一旦别的列车发生了什么情况，请您马上通知我，用车载电话也可以。”

“知道了。作为国铁的一员，真不希望东北新干线有任何意外发生；一旦有事，我会立刻通知你们两位的。”

2

东北新干线的列车一辆一辆驶离了站台。因为现在是暑假，所以每辆列车都坐满了旅客。

十津川与龟井不时与国铁总公司的北野联系，却没有得到任何消息。

一上午过去了，依然平安无事。

十津川二人在大宫站里的饭店匆匆吃了午饭。

下午 1 点过了，2 点也过了，仍然没有发生任何案件或事故，东北新干线上下行列车都在顺利地运行着。

究竟与十津川他们预想的相反，今天一整天都会平安无事，还是他们赌对了，凶手将乘坐下午 3 点 15 分的 17 次“山神号”列车，目前尚不能断定。

时间到了下午 3 点 10 分。

十津川和龟井补了特快票，通过了检票口，登上了去盛冈的 17 次“山神号”。

“山神号”有十二节车厢，1 号到 4 号车厢为自由席，7 号车厢是头等座，9 号为餐车，其余的六节是对号入座的指定席。十津川和龟井走进了 4 号车厢。

大概人们觉得乘坐下午 3 点 15 分发车的列车时间比较宽裕，或者方便在傍晚到达仙台和盛冈，所以旅客较之上午多了许多。自由席的过道里站满了人，几乎无法通行。行李堆满了货架，有的甚至就放在过道上，大概是回仙台和盛冈的人给家里带的特产。以往本该乘坐去青森方向列车的人今天都改乘新干线返乡了。

十津川和龟井拨开过道上的旅客走出4号车厢，又穿过5号和6号车厢来到7号头等厢。

虽然被害人大矢桂子的朋友铃木说她的座位是1号靠窗户的位置，但是必须对头等厢的全体旅客逐一确认。头等厢里自然不会有站着的旅客，却也座无虚席。

见列车长来检票，十津川与龟井便来到车厢的连接处。列车长检完了车票，路过车门时一脸狐疑地瞥了他们两人一眼，道：“你们有头等厢车票吗？”

“没有。”

“那就请你们去1号到4号自由席车厢。”

“知道。”十津川点了一下头，向列车长出示了警官证。

“有什么情况吗？”

“东京一女子被人杀了，她买了这列车头等厢的车票，车票被凶手偷走了。”

“这么说，凶手使用偷来的车票坐了这趟列车？”

“很有可能，所以我们来此调查。”

“那么，杀人凶手就在车上？”

“不好说是否就在这列车上。刚才你不是检了票吗？”

“是的。”列车长紧张地点了点头。

“旅客中有没有行为可疑的人？”

“我没注意。”

“也难怪。你回忆一下，有没有神色慌张的旅客？”十津川换了个方式问道。

列车长歪着头想了一下，回答道："没发现，要不我再检一次吧？"

"不用了，因为目前还不知道凶手是否在车上。"

"那可怎么办好呢？"列车长不安地问道。

究竟如何是好，连十津川自己也不知道。将会发生什么情况，凶手是否在车上，眼下这一切都不明朗，因此不能惊动其他旅客，哪怕是引起旅客不快的行动也要小心谨慎。

"我们要一直坐到仙台，所以，一旦有事，请立即通知我们，不论什么事情。"

"知道了。"

"你刚才检票的时候应该也看了旅客的目的地吧？"

"是的，因为我们要知道到哪里客满。"

"头等车厢的定员是五十二人吧？"

"是的。"

"你记得到仙台的旅客有几个人吗？"

听到十津川的问话，列车长拿出记录本看了一下，道："五十二位旅客里到终点盛冈的有二十一位，到仙台的有三十一位。"

"没有在仙台之前下车的吗？"

"没有。"

"在到仙台的旅客中坐靠窗位置的人你还记得吗？"

“记得。”列车长递过记录本。

记录本上印着头等车厢的座位图，图上标记了每个座位上的旅客的目的地。十津川和龟井将去仙台的坐在靠窗位置的旅客抄写到他们的记事本上，心里想着：其中是否有杀害大矢桂子的凶手呢？

3

十津川和龟井将十五个座位的旅客记在脑子里，然后慢慢走过头等车厢的过道。

在9号车厢的餐车里，二人要了咖啡。

“你发现了什么？”十津川小声问道。

“十五个人我都看了，要说觉得可疑，哪个都可疑。因为咱们对凶手的大概情况没有一点儿掌握，所以很难判断。起码应该知道他的年龄段才行。”龟井很少见地说着泄气的话。

“我也有同感。”十津川搅动着咖啡说道。

这时，近处的电话间里一个男子在给仙台那边打电话，他用很大的声音说自己马上就要到站了。

列车在下午3点44分准时到达到了宇都宫。停车两分钟，而后发车，一切正常。也许前边的列车有情况发生，可是十津川他们是不知道的。

东北新干线除了车站与桥梁之外，线路全部都采用高架式，目的是防止受到雪灾的影响。这也使得窗外的景致可以尽收眼底。又因为铁轨的摩擦很小，所以列车十分平稳。十津川心想，如果没有公务缠身，去仙台或盛冈旅行将是何等惬意。

刚才打电话的男子走出了电话间，十津川进去给东京的搜查总部打了电话，可是，那边也没有进展。

列车以时速一百五十公里的速度在飞驰，轰响着通过以地名命名的那须盐原车站。这原本是一个快车都不停的高原小站，如今一跃成为新干线的停车站。尽管如此，车站的周围依然是人烟稀少的旷野。

列车又穿过了新白河站。该车站四周也是一片田地，在即将收割的稻田里时而可以瞥见逼真的稻草人。

餐车的车速表显示着的一百五十公里的时速一直没变。

“什么事也没有。”龟井说道。

如果前行的“山神号”有情况发生一定会立即停车的，那样的话，ATC（列车自动控制系统）就会使后行列车也跟着停车。十津川他们乘坐的 17 次“山神号”列车运行正常，说明前行列车没有事情发生。

“北野也没来电话？”

“没有。”

“是咱们的推测错了？还是凶手察觉到危险停止了犯罪？”

“如果他停止了犯罪也算是好事。”

十津川在头等厢车门处望着窗外。当然，平安无事总比出事要好，可是，想要抓捕凶手倒希望他有进一步的动作。如果凶手就这样逃之夭夭，那么东京这起杀人案的动机就难以调查了。

列车长池田时而来头等车厢查看，旅客们也没有什么异常。十津川看了看手表，说道：“马上要到郡山了。”

郡山的下一站是福岛，再经过白石藏王站就该到仙台了。

下午4点20分，17次“山神号”到达了郡山站，也是停车两分钟。

列车离开郡山站，经过磐越东线、磐越西线、水郡线和东北本线，头等车厢的旅客没有一人下车，而其他车厢下车的足有四五十人，这些人都是返乡探亲的旅客，大包小裹，行色匆匆。

十九分钟之后列车到达了福岛。依然平安无事，其他列车也一切正常。

列车驶出福岛站，很快钻进了东北新干线最长的藏王隧道。

东北新干线全长五百零五公里，其中一百一十二公里是隧道，占总长的百分之二十二。但是，长的隧道并不多，五公里以上的仅有四处，其中藏王隧道最长，有十一点二公里。

在17次“山神号”进入藏王隧道的时候，头等车厢的一位旅客来敲列车长的门。

“有什么事吗？”池田探出头来问道。

来人是一个二十五六岁的青年，戴着一副太阳镜，脸色苍白，他回答道："好像有人死了，请你过去看一下。"

4

"死人了？"池田不禁大声问道。

站在车门处的十津川和龟井听到池田的喊声，来到7号车厢。

"怎么了？"十津川问池田。

"这位旅客说有人死了。"

"我说的是好像有人死了。"青年更正道。

"是在这节头等车厢吗？"十津川问道。

"当然。第一排靠窗户的座位，一个男的，好像是死了。"

"那个座位不是1A就是1D。"十津川自语道，下意识地与龟井对视一下，而后，十津川打开车厢门冲了进去，入口处右手边的座位正是1A。

只见一个男旅客瘫靠在座位的扶手上，看上去有二十五六岁的年纪。

"先生！"池田招呼着，轻轻地摇动了一下他的肩膀，结果，男子的身体便从座位上滑到了地板上。

"先生，您怎么了？"

“刚才报案的人呢？”十津川急忙扫视着四周。

不知何时，刚才告知池田可能有旅客死亡的那个青年已经不见了踪影。

突然，17次“山神号”来了一个急刹车。

时速一百五十公里的列车仿佛撞上了无形的墙壁，发出刺耳的刹车声。站立的旅客摇摇晃晃，一阵尖叫。

“怎么回事？”龟井厉声问道。

“不知道。好像有人拉了紧急制动阀。”池田答道。

“可是，新的东北新干线不是没有安全门和制动阀吗？”

“车厢里是没有的，但是乘务室里边有。”

“遭了！刚才那个人进了乘务室！”十津川喊道。

十津川让龟井看着倒在地板上的男子，和池田打开车厢门来到乘务室。池田上去拉门，却没有拉开。

“好像有人在里边上了锁。”

“你没有钥匙吗？”

“您稍等。”池田从衣兜里取出了钥匙。

全长三百多米的新干线列车以一百五十公里的时速飞驰，即便紧急制动也会因为惯性以平均每小时两公里的速度继续滑行。在池田开门的过程中，车速渐渐下降，最终停了下来。

池田刚一打开乘务室的门，十津川便冲了进去。本以为那个拉动制动阀门的人会在里面，可是乘务室空无一人，只见方窗敞开着。

新干线列车的车窗是无法打开的密封式车窗，只有乘务室的窗户可以手动开启。车窗六十厘米见方，一个人可以轻松地钻出去。

十津川来到窗前向外望去，看到一名男子正跑过高架桥的桥头，凭直觉他认为那就是刚才报案的那个人。

“龟井君！”十津川大喊了一声，便从那个四方的窗户跳下了车。只见那个男子攀爬上混凝土制造的隔音墙，然后翻越过去，一下子就不见了踪影。

龟井听到十津川的喊声，也跟着跳下车。二人沿着铁道追到男子翻墙逃走的地方，爬上隔音墙向下边张望，发现离地面足有五六米高。

下边是一大片田地和杂木林。从这么高的高处跳下去，弄不好会受重伤的，可是，那个男子却踪影全无，看来他是巧妙地逃脱了。

十津川与龟井无奈地回到列车上。池田将车门调为手动控制状态，给他们开了门。

“那位旅客果然死了。”池田说道。

十津川走进头等车厢，看见有五六个人聚集在1A座位旁边，一个五十岁左右的男旅客蹲在死者身旁，而后他站起身来，十分有把握地对十津川说道：“看来是氰化物中毒。”

“您是医生？”

“是的。”

“确定是氰化物中毒？”

“基本没有错。您是警察？”

“是的。”

“那好，我想您也懂的。氰化物中毒死亡的特点就是死者嘴唇上会出现淡红色的斑点。”

正如这名医生所说，倒在列车地板上的死者出现了淡红色斑点，凑近一些，能够闻到氰化物中毒死者特有的一股甜甜的杏仁气味。

“那个人是他邻座的旅客？”

“刚才跳窗逃跑的那个人就坐在1B的位置。”池田答道。

“这个混蛋！”亀井骂了一声。虽然不知道那家伙是怎么做到的，但是可以肯定的是，他先用氰化物毒死了邻座的旅客，然后用尸体引开了十津川和列车长的注意力，乘隙溜进乘务室，拉动紧急制动阀，迫使列车停下后跳车逃走了。

“亀井君，借用一下列车上的电话，委托宫城县警方发出通缉令，一定要抓住那个逃跑的人。”

5

东北、上越新干线的综合调度室就在东京车站的一个十层建筑里，与此前的东海道、山阳新干线综合调度室相邻。

在综合调度室宽敞的大厅里，并排排列着两个 CTC（列车集中控制系统）显示屏，左侧显示的是上越新干线，右侧就是东北新干线。在巨大的绿色面板上，红色闪亮的光点反映着列车的位置。

这种管理方法与东海道、山阳新干线几乎完全相同，不过计算机化程度更高。行驶中的列车和列车班次尽由计算机掌控。计算机按照“山神号”和“青叶号”的列车种类调整车站并设计行进路线。一旦有列车晚点，需要变更停靠的车站，计算机便会提前发出指示。只要将列车运行时刻输入计算机，计算机便可以自动控制。因此，在线路控制盘的前面通常根本没有人，相关工作都是由计算机完成的。

8 月 8 日下午 4 点 57 分。控制新干线的计算机辅助交通管理系统突然报警，代表 17 次“山神号”列车的红色亮点停止不动了。于是，ATC 装置启动，后续列车也纷纷停车。CTC 显示屏显示 17 次“山神号”在刚驶出藏王隧道的地方停了车，但是没有给出原因。

列车调度台的工作人员立时忙乱起来。

调度台上有车载无线电话操作盘和显示屏。工作人员通过车载无线电话呼叫着紧急停车的 17 次“山神号”，同时也看到了列车驾驶室监控镜头中的景象。因为 17 次“山神号”监控镜头中显示出“第四组（7 号车厢、8 号车厢）乘务室制动阀启动”的字样，所以确认该列车已经停车。

列车方面通过无线电话向综合调度室通报，头等车厢一名旅客死亡，一名旅客从乘务室车窗逃走。

三十分钟之后，调度台向17次“山神号”发出开车的指令。后行的“山神号”和“青叶号”以多少时速行驶，在哪个车站错车，所有计算都由计算机辅助交通管理系统完成。换言之，只要工作人员将17次“山神号”延迟三十分钟的信息提供给该系统，剩下的事情就交由计算机来处理了。计算机辅助交通管理系统不仅能够计算出后行列车的速度和错车方案，还能随着列车的运行自动调整各个车站列车时刻表的信息，当全天运行结束的时候，就会计算出各次列车延误的时间。今天，计算机辅助交通管理系统同样完成了运行调度，没有让工作人员东奔西跑。

然而，这个看似万能的系统却没能计算出犯罪狂人的意图。

第三章 坠落

1

十津川与龟井命人将氰化物中毒而死的男尸抬到铁道旁边，他们也下了“山神号”。

待17次“山神号”列车再次启动的时候，宫城县警方的三辆警车和一辆救护车已经赶到了高架桥下。

警察先用绳索将尸体放了下去，接着又把十津川和龟井也放到地面。

宫城县警察本部搜查一课的渡边警部上前跟十津川说道：“事情很意外啊。”

“不，我们事先有所预料。”

十津川向渡边介绍了东京发生的案件，接着继续说道：“所以，想请你们追捕从高架桥上跳下来的那个人。他身高有一米七五左右，戴着太阳镜，身穿浅蓝色西服，年龄大概有二十五六岁。”

“我马上布置。”渡边通过对讲机向县警察本部发出了指示，然后抬头看着用混凝土建造的高架桥问道，“他是从这上边跳下来的？”

“嗯，足有五米高啊。”龟井说道。

“从这么高的地方跳下来估计会受伤的，你们看，这地面的土是很硬的。”

“如果摔断了腿，或许他只能躲在附近。”说罢，十津川将目光投向水田之间的杂木林。

县警从三辆警车上下来，用手拨开杂木和齐腰深的杂草开始搜索。而十津川转而将目光投向那具男尸。

死者大概二十五六岁，原本身穿西装，领带也打得很规整，可是，他死前似乎极为痛苦，大概是因为用双手抓挠，以致衬衫的纽扣脱落，领带也被弄得七扭八歪。

十津川检查了死者的西服衣兜，发现一个皮革钱包，里边装有十二张一万元和六张一千元纸币，共计十二万六千元。一侧的衣兜里有一张从大宫到仙台的车票，是8月8日——也就是今天的票，座位是1A。

因为是靠窗的座位，这极有可能就是大矢桂子的车票，再看购票日期，十津川眼前一亮——7月31日，正是大矢桂子去东京站购票的日子。不过，现在还无法确认这是不是偶然的巧合。

在死者的另一侧衣兜里，装有一包七星牌香烟和一个打火机，没有任何能够证明其身份的东西。既没有身份证也没有名片，只有上衣里子上绣着“田名部”的姓氏，另外还有一只巴宝莉[1]手提包被当作死者物品也拿到车下来。经过与头等车厢的旅客核实，唯有这只手提包无人认领，所以才被当成死者的遗物，不过，或许是逃犯的东西也未可知。

警察打开手提包拉锁进行了检查，本以为里边会有证明其身份的物件，可是却只有一些东京特产雷门萨其马、草加雪饼的礼包和替换的衬衣。

“什么都没有啊。”亀井失望地说道。

“可是，死者身上头等车票的购买时间与大矢桂子买票的时间是同一天，这一点就是线索。”

“如果能找到那个逃跑的家伙，我想一切都明白了。”

“那样最好。”十津川说道。

因为要做解剖，尸体被装上车送到了仙台的某大学医院。

十津川和亀井也加入到对附近的搜索工作中，可是直到日落时分仍一无所获。

2

当晚，十津川和亀井被安排在白石警察署过夜。翌日早上，

① 巴宝莉，英国奢侈品品牌Burberry，以经典的格子图案、独特的布料、大方优雅的设计为主要特点。

两人早早地起了床。正当二人在盥洗室洗漱完毕，吃着白石警察署提供的早餐，渡边警部走了过来，道：“为了这次的案件，我们正式成立了搜查总部。”

“我想我们应该联合搜查。”十津川说着点燃了香烟。

“您坚持认为这与发生在东京的杀人案有关吗？”渡边问道。他那晒黑的脸庞上带着紧张的神色。

“昨天除了东北新干线17次‘山神号’之外，其他列车没有发生案件吧？”

“我问过国铁，据说没有。”

“那样的话，我认为两者就可能有关。”十津川自信地说道。

上午9点，尸体解剖的结果出来了。死因果然是氰化物中毒，这一点与推测一致，没有其他惊人的新发现。问题是死者怎样吞服的氰化钾，如果是被谋杀，他又是怎样被投毒的。解剖报告的内容如下：

> 解剖结果：胃内未见氰化物反应。因血液中可见氰化物反应，可以认为氰化物是经过皮下注射进入血液。

“怪不得车厢里没有啤酒和饮料的空罐。”十津川说道。

当初听到头等车厢的那位医生说死者死于氰化物中毒，十津川就想到毒物可能是混在啤酒或饮料中被喝下去的，于是他对被害人座位周围进行了仔细的查看，但没有发现任何空罐。

“可是，我实在不明白。”龟井歪着头说道。

“不明白什么？”

“死者不是自杀。”

“当然不是，没有人会往自己体内注射氰化物自杀的。”

“如果是他杀，凶手通常是将毒物混在饮品中让被害人喝下去，车内正好也出售听装啤酒和饮料。然而，罪犯为什么采用这么费事的办法呢？他是给死者注射了毒液，还是将涂了氰化物的针头刺入了皮肤呢？”

“是啊，一般情况下是将毒物混在啤酒、饮料或咖啡里让对方去喝，可是他为什么没那么做呢？”

“而且，也不必非得在新干线列车上下手，要想毒害对方，机会很多的。比如，如果对方是爱喝牛奶的人，可以用注射器将氰化物注到配送的牛奶里，那样就用不着冒着风险打开安全窗跳车逃跑了。”

“你说的有道理，不过……”十津川没把话说完。

逃跑者的踪迹依然没有查到。从昨天17次“山神号”停车，该男子跳车逃跑，到宫城县警察赶到现场，前后有三十分钟。渡边警部他们认为，在这段时间里，他大概已经逃出县外。可是，十津川不这么想。从现场看，高架桥距离地面有五六米高，正如渡边警部所讲，弄不好逃犯会受重伤。因为逃犯一门心思逃跑，不会想得多么周密，所以在慌忙中一跃而下受了重伤，完全是有可能的。如果果然如此，也许他还躲在现场附近。

“我想再去现场看看。”十津川对渡边说道，并请他提供车辆。

从白石警察署到东北本线的白石站不远，但是到东北新干线的白石藏王站则有一公里的路程。

渡边首先驱车去了白石藏王站。车站被一片田地包围着，虽然有站员却也像无人车站一般，寂静得很，仿佛没有旅客在此上下列车。

警车沿着车站旁边的道路向现场驶去。龟井贸然问道：“为什么在这么荒凉的地方建个车站？”

渡边一边开车一边应道：“你也这么想？”

“当然。如果跟东北本线共用白石站岂不更方便？为什么要在一公里外特意建这个白石藏王站呢？我百思不得其解。而且，这个车站距白石町很远，既不方便也无法换乘旧线路列车。特别是还要翻过一座藏王山，怎么能不远呢？”

“其实，当初并没有计划建这个车站，毕竟离前方的福岛站和后方的仙台站都很近，所以当初设计时，两边的铁道也相距很远。可是，突然受到一些政治因素的影响，最终决定在这里建车站，可是线路已无法改变，所以，无奈之下就在距离白石站一公里左右的田地里建了这个站。这是一个典型的‘政治车站’。”

在渡边讲话的过程中，警车到达了昨日的案发现场。十津川等七人从两辆警车上下来，再次对附近展开了搜索。

盛夏的太阳早早就升了起来，阳光灼热，在深草和杂木林里行走，热得人头晕目眩。在稻穗饱满的稻田里，除草的农民用奇怪的眼神看着十津川他们。

搜索了近两个小时，仍旧一无所获。

“休息一会儿吧。”渡边大声地对十津川说道。这时，距他们两三百米之外的龟井高声喊道：“警部！快来看！”

十津川顺着龟井的喊声跑了过去，只见龟井站在向水田引水的灌渠里。两米多宽的水沟里水量颇大，龟井站在及膝的水里。

“你不要紧吧？”说罢，十津川连裤腿都没来得及挽起来便跳到水中，“发现了什么？”

“跟我来。”龟井带着十津川向前走去。灌渠与道路交叉的地方，下边是一个通水的涵洞，他们走进了涵洞。

在昏暗的涵洞中部，地上躺着一个人，流水不停地从他身上流过去，他的脸部和身体的大部分都浸在水中。此处之所以汪住了水，是因为这个涵洞的中部有一道铁栅栏。

该男子有二十五六岁的样子，已经死亡，尚不清楚他是否就是昨天从 17 次“山神号”上逃跑的那个人。十津川和龟井先将浸水的尸体从涵洞中费力地拖了出去，再从水渠拖到路面上来。这时渡边等人也赶了过来。

看来在水中浸泡了很长时间，男子的面部已经泡涨了，显得很白。西服已经完全湿透，紧紧地箍在他身上。太阳镜半挂在脸上。

“是你们要找的那个人吗？”渡边问道。

“从西服的颜色和身高来看，倒是有些像。”十津川一边说着一边检查湿西服的衣兜，发现几枚硬币和一张对折的绿色纸片。

十津川将手帕铺在地上，将湿纸片放在上边，小心翼翼地展开来。一看不要紧，他的脸上突然现出了笑容，这正是他要找的东西——8月8日东北新干线头等厢车票。上边印着：

17次“山神号” 7号车厢 1号B座

这是发生案件的那个座位的邻座。

“在列车里被害的男子的那张1A车票或许就是从大矢桂子那里抢去的，因为是靠车窗的。”十津川看着高架桥说道。

“究竟是怎么回事呢？”龟井还是不明白。

“如果按照常规理解，列车上的死者就是抢走大矢桂子车票的人，他抢了17次‘山神号’列车头等车厢1号A座的车票，然后在车内被旁边1号B座的男子毒杀。杀人者潜入乘务室，拉动了紧急制动阀，迫使列车停车借机逃走，从高架桥跳下时却受了伤，进而因伤死亡。”

“你不会真的这么认为吧？”

“为什么不会？”

“那样的话有些过于巧合。这个人和在车内被杀死的人无疑是认识的，而且杀人者早有预谋，甚至在杀害大矢桂子抢走1号A座车票的时候就计划好了。”

“不过，龟井君，即便你推测的都对，可是他为什么非要在新干线列车上动手呢？况且我们还不知道他的动机与身份，起码连他的死因都不清楚。”十津川满腹疑虑，继续检查死者西服的内兜，发现了一个钱包，里边有十万日元。更令他惊喜的是，钱包的夹层里有五张名片。

东西互助银行水道桥支行

八木慎一郎

五张名片都是同样的字体。

“是银行职员？”龟井似乎很意外。

“但愿这些名片是他本人的。”十津川谨慎地说道。

由于死者西服里子上也刺绣着“八木”二字，所以基本可以认为他就是名片的主人。

“我很想知道他的死因。”十津川说道。

“马上进行尸体解剖吧。”渡边建议道。

“死者额头有伤。”龟井提醒十津川。

果然，死者右额有一处伤痕，可是不像是致命伤。因为没发现有什么部位流血，看来他不是被殴打或刺杀而死的。当然，也不是氰化物致死的。

3

同前一名死者一样，这一死者也被送去仙台，在某大学医院做了解剖。

在等待结果期间，十津川从成立了搜查总部的白石警察署给东京的西本警事打了电话。

“请你查一下东西互助银行水道桥支行的八木慎一郎，身高一米七五，体格健壮，眉毛浓密，鼻子坚挺。”

“是他杀死了大矢桂子吗？”西本问道。

“也许是的，可是他自己也死了。还有，也调查一下姓田名部的男子，他在17次‘山神号’列车上被毒杀了。”

“全名叫什么？”

“不知道，他的上衣里子只刺绣了姓。年龄和八木相仿，也有二十五六岁，身高一米七左右，跟八木慎一郎的案件有关，麻烦你一并查一下。我认为他的车票大概是从大矢桂子那里抢来的。”

“明白了。”年轻的西本回答道。

当天傍晚，大学医院就通过电话将解剖结果告知了白石警察署，电话是由渡边警部接听的。

“过后我们会提供纸质版的正式报告，考虑到你们急于知道结果，所以先打这个电话告知一下。”大学医院的外科部部长说道。

“死因明确了吗？”

“明确了，是溺水。”

“溺水？”渡边重复道，“可是，大夫，他跌倒的那个水沟，水深勉强才到膝盖啊。”

“我知道，但是死者的肺里进了水，确实是溺死。”外科部部长冷静地说道。

“还有什么结果？”

“死者身体到处都有伤。”

“伤？是刺伤吗？”

“不，都是钝挫伤，很严重。右膝关节粉碎性骨折，肋骨一根骨折、两根骨裂，椎骨也有骨裂，好像是撞到很大的物体上。”

“从高处跳下来，身体摔落到地面会形成那样的创伤吗？”

“那要看是怎么摔的，不过也不是不可能。”

“您刚才说他右膝关节粉碎性骨折？”

“是的。”

“那您认为他当时还能走路吗？”

“如果不拄丁字拐是走不了的。”

“那么，爬行呢？也不能吗？”

“右膝关节粉碎倒是不影响爬行。”

“他的肋骨有骨折的，也有骨裂的，椎骨也有骨裂，这样的伤能死人吗？还是他受了这些伤后又遭受了别的什么？”

“是的。虽然他额头有伤，但不是致命伤，而且，出血也很少。包括心脏在内，他的内脏都没问题，即使身体动不了，也不会很快死去，况且当时他的意识应该是很清楚的。”

“推测死亡时间大概在几点？”

“8 月 8 日晚 6 点至 7 点之间。”

“我再确认一下，死因是溺水，没错吧？”为了慎重起见，渡边追问了一句。

医生很不高兴地答道：“溺水死亡，毫无疑问！”

4

当晚，十津川和龟井参加了白石警察署的第一次搜查会议。搜查总部部长由宫城县警察本部刑警部部长担任，十津川和龟井虽然只是列席，但是联合搜查的方针已经明确了。

黑板上写着两个死者的名字。渡边警部在做案件情况的介绍。

“目前，从在上衣兜里发现 8 月 8 日 17 次‘山神号’头等厢车票这点来看，无疑是这个叫作八木慎一郎的男子在东京杀死了大矢桂子并抢走了她的车票，而后又在列车上毒杀了一个姓田名部的人。八木在毒杀了田名部之后，进入乘务员室拉动了制动阀，趁列车紧急停车时逃到了车外。后边的情况，请同乘17次‘山神号’列车的警视厅十津川警部给大家介绍。”渡边说道。

自己的名字突然被提到，十津川略微有些腼腆地站了起来，道:“当我和龟井察觉的时候，该人已经跑出了五十多米，于是我们立刻跳出车厢去追赶，可是，男子攀爬到一米半高的混凝土隔音墙上，并且跳了下去。待我们跑到近前向下边张望的时候，却没看到他的身影。因为有一名旅客被毒杀，所以我们就利用列车上的无线电话请求宫城县出警了。”

“接警之后，我们赶到了现场，听了十津川警部的介绍并对周边进行了搜查。”渡边补充道。

工作人员将现场地图挂在了墙上。

“那里的高架桥高度有五米多，八木被人追赶，十分惊慌，所以我认为与其说他是跳下去的，不如说他是跌落下去的。他跌落到坚硬的地面，正如前边讲过的那样，他全身受了伤。据医生讲，受了那种程度的伤是无法行走的，所以，八木可能是爬着穿过高架桥下来到对面的。结果，他爬进了灌溉渠，一直到涵洞他都是浸在水里的，那段水渠的水流很猛，也就是到了那里，他的呼吸变得困难了。天黑以后，他想离开涵洞，却被湍急的水流冲倒。他挣扎了一番，可终究全身有伤，没能够站起身来，结果溺水而亡。这样看来，溺死说是可以接受的。”渡边警部说罢，回到了座位上。

“我有几处疑问。”刑警部部长看着黑板上的名字说道。

“据推测，在列车上被毒杀的田名部不是误饮了混入氰化物的饮料，而是被注入了氰化物吧？”

“是的。医生也说或者是使用注射器注射的，或者是将氰化物涂在针上刺扎的。”

“可是，疑犯八木慎一郎没有携带注射器和针吧？”

“在他的衣兜里的确没有，不过，也许他在逃跑的路上扔掉了，所以我们对现场周边进行了仔细搜索。”

“他为什么要在新干线列车上杀人？这一点你怎么看？”

“我认为被毒杀的田名部和疑犯八木慎一郎都是东京人，所以，我已经请求东京的警视厅开始调查二人的情况。一旦弄清了二人的关系，就可以明白为什么凶手要在东北新干线列车上杀人了。”

“我想问十津川警部几个问题。”刑警部部长将目光转向十津川。

“虽然该案件尚有许多疑点，但是我愿意尽量回答。”十津川道。

“东京的一名女职员被杀，其 8 月 8 日东北新干线车票丢失，于是你们就认为在新干线上一定会发生什么事情，便乘上了昨天的‘山神号’列车？”

“是的，当时并不知道是哪班列车，所以我们也很犹豫，于是我们便赌了下午 3 点 15 分大宫始发的 17 次‘山神号’，结果我们赌对了。”

“就是说凶手不惜杀人也要得到 8 月 8 日的头等厢车票？”

“而且是 1 号 A 座，头等车厢最边上的座位。”

“目前你们认为凶手八木慎一郎使用大矢桂子的车票坐上了 17 次‘山神号’列车头等车，进而杀死了邻座的田名部。可是，不是我想把经济效益的理论用到杀人案上来，但凶手为了杀一个人而要杀死另外一个毫不相干的人，我怎么想都觉得实在不划算。我这样说你不介意吧？”刑警部部长客气地问道。因为十津川是警视厅本厅的警官，所以部长讲话时把握了分寸。

十津川面带笑容地说道：“坦率地说，我也有同感。”

“是吗？”

“是的。我倒是不懂什么经济效益，可是我知道凶手有时会出现愚蠢的举动，比如有人为了自杀而袭警，杀死警察抢夺手枪。可是，我也不相信罪犯只是为了杀死一个男人而在东京杀害一名女职员，抢走她的新干线车票。”

“可是，十津川警部，”渡边警部插嘴道，“事实是，在 8 月 8 日的东北新干线上，只发生了这起案件。不论是上行还是下行列车，包括在各站停车的‘青叶号’，昨天只有这一个案件。这样看来，岂不只能认为凶手为了杀死田名部而杀害了女职员并抢夺了车票？”

对于渡边的问题，十津川微笑着回应道：“按理说是那样的，况且凶手八木慎一郎已经溺死，那么，这个案子就算结了，可是，我还是不认可。虽然让我理出个头绪我目前还办不到，不过，就这样结案的话我无论如何都不能接受。”

十津川已拿定主意，必须回到东京继续调查。

第四章

嘉宾会员

特 別 会 員

1

第二天，即 8 月 10 日，十津川和龟井早晨便从福岛登上了上行的“山神号”返回东京。

二人一走进位于世田谷警察署的搜查总部，刑警西本便迎了出来，调侃道：“东北新干线的乘车体验不错吧？”

“如果没有公务的话，下回真想再坐一次。”十津川回应道，“八木慎一郎的情况调查出来了吗？”

“接到您的电话之后，我马上就和樱井去了东西互助银行水道桥支行。在后乐园球场附近，规模相当大。东西互助银行在互助银行里属于一家大银行。”

“应该是的。那里有八木慎一郎这个人吗？”

“的确是那里的正式职员，不过，他在 8 月 9 日被开除了。”

“9 日不就是昨天吗？因为他涉嫌杀人，所以就急急忙忙地将他开除了？”

见十津川皱紧了眉头，西本笑着说道：“不是，真相是察觉到他盗用了将近一亿日元，才急忙把他开除的。”

“这么说，东西互助银行原来就有过麻烦吗？”

“五年前，该行就曾有一位跋扈的行长给一位保守党实权政治家将近一百亿日元的信托贷款，后来变成死账，他只好把行长的位置让给了副行长，自己退职了事。另外，还有一位分行行长因为男女问题而自杀。莫非在东西互助银行这是一种风气？”

“那么，八木慎一郎把这一亿日元用到哪儿去了？”

“这个还不清楚。”

“为什么不清楚？”

“虽然八木目前还是独身，却并不放浪。我问过他的同事，说他是很规矩的一个人，不抽烟不喝酒，也不赌博。他住在郊区的公寓里，月租五万日元。他的月薪将近二十万日元，夏季和冬季还有五个月的奖金，所以生活还算宽裕。”

“他没有借债吗？”

“我也想过他是否在背地里有大额借债，于是我们进行了多方调查，结果他没有分文的借债。”

“那么八木盗用的近一亿日元巨款究竟到哪里去了呢？”

“现在还不知道。”

“他会不会有女人，把钱转给了那个女人。”

“和他有交往的所有女人我们都核查过了，没有发现这种迹象。所谓‘所有’其实只有三个人。”

“另外，那个田名部的情况摸清楚了吗？”

“八木所在的东西互助银行水道桥支行共有二十六名男职

员，没有姓田名部的人。另外，从八木住的公寓搜集到的信件和照片中，也没有发现姓田名部的人。”说罢，西本指了指装满信件和照片的纸箱。

“看一下照片吧。”

十津川和亀井一起从纸箱里挑出影集和单张照片摊在桌子上。他们俩都见过八木慎一郎和田名部的尸体，只要有他们脸部的照片就能说明二人有关系。十津川他们首先查看了两本影集，二十五岁左右的年轻人的照片很多，有参加棒球大赛的，有与年轻女子并肩的，有洗海水浴的。

“这个是八木慎一郎吗？”十津川向西本求证道。

“是的，是他。您觉得不是吗？”

“不，没错，在白石溺死的那个人就是他。”

问题在于那个叫田名部的人。十津川和亀井从数百张照片中查找这个在 17 次“山神号”上被毒杀的人，中途一度看得眼睛疼痛，可是他们俩强忍着看完了所有照片，最终却一无所获。

“大学同学那边有什么发现吗？”十津川一边将看过的照片放回纸箱，一边向西本问道。

“八木是三年前从 S 大学经济专业毕业并入职东西互助银行的，我查了当时的毕业生名册，也没有姓田名部的。”

“同学里也没有吗……”十津川轻轻地叹了一口气。

如果查不清这个被毒杀者的情况，就无法知道凶手的动机。眼下，那个死者是否真是田名部其实也不确定，毕竟仅凭西服上的姓名无法断定死者就是田名部本人。

“即便是八木与死者换了车票，但是他手里的票也是去仙台的，这一点没有问题，所以，是否可以断定他是想回去见父母或者熟人呢？”龟井说道。

“如果是那样的话，宫城县警方也许会给咱们提供一些信息。”十津川说道。

因为案件发生在宫城县，所以那里的报纸会大加报道。如果龟井的推测属实，那么被害人的父母或熟人可能很快就会与警方联系。

正在这时，宫城县警方的渡边警部给十津川打来了电话。

“凶器找到了！”渡边兴奋地说道。

“果然是注射器吗？”

“是的。是一支成人中指粗细的注射器。我们让人对灌渠进行了截流，渠水退净之后就发现了这个注射器。”

“能肯定是凶器吗？”

“经鉴定，其中残留很少的氰化物，是凶器。不过，因为被水浸泡过了，所以没能提取到指纹。”渡边说完之后，问十津川，“八木慎一郎的情况你们摸清了吗？”

“摸到不少。”

十津川将八木慎一郎侵吞一亿日元，而且该钱款去向不明的事情向渡边做了介绍。听完介绍，渡边竟说：“这可太有意思啦。”

“有意思吗？”

“这不就是罪犯的动机吗？”

“为了侵吞一亿日元？”

“是的。田名部察觉了八木侵吞钱款的事情，向他勒索后被害。”

“有道理，可以这么推测。”

“大概是田名部规定了了结此事的期限，比如说，他告知八木自己 8 月 8 日回仙台老家，要求在返回东京之前必须了结。于是，八木便计划在 8 月 8 日的 17 次‘山神号’上毒杀田名部。为了实施毒杀计划，他必须坐在田名部的身边。因为田名部的车票是头等车厢 1 号 B 座，因此他务必弄到 1 号 A 座，可那张票被一个女职员买走了。于是八木就想法儿找到了那个女职员，杀死了她，把票弄到了手。我认为，两人在大宫站一起上了头等车，而八木特意换了票，让田名部坐在了靠窗的位置。大概八木认为 1 号 A 座最靠角落，即便该旅客突然死亡，别的旅客也很难察觉。八木趁田名部不备，或者趁他打盹儿的时候，用事先准备好的小型注射器给其注射了氰化物。得手之后，八木特意到乘务室敲门，对列车长说车里可能有人死了。列车长一时惊慌，过去查看情况，八木乘机进入乘务室，拉动制动阀，待列车停下来便从乘务室的窗户跳出去逃走。他早就知道新干线的车窗是密闭式的，只有乘务室的是可以开启的。可是，为了躲避十津川警部的追赶，他从高架桥上跳下去的时候身受重伤，最后在水渠里溺水而死。这样推测是否合理？”

“有道理。”十津川点头称是。

渡边的推测不是没有道理的，不过，要证明这个推测，必须要有田名部与八木相识且对他进行了勒索的证据。

“问题就在这个田名部，现在就是不知道他和八木是什么关系。”十津川说道。

“是啊。”

“反复调查了与八木有关的人员，就连姓田名部的都没有。所以，这个田名部究竟是哪里人，他是谁，我们至今还不知道。不过，他是要回仙台去的，所以，我认为在仙台可能有他的家人或熟人。”

“那么，我们这边查一下吧。”渡边说道。

2

不出十津川他们所料，在仙台的报纸大加报道了案件之后的第三天，警方接到了一个电话。

打电话的夫妇自称住在仙台市内，觉得在17次“山神号”上被杀的那个姓田名部的青年像是他们的儿子。

其他类似的电话还有几个，但是这对夫妻的电话引起了渡边警部的重视。因为他们说儿子在东京，说好乘坐8月8日的东北新干线回家，可是却至今未归。

渡边决定立即去见这对夫妇。

丈夫叫田名部晋吉，六十岁，妻子叫文子，五十六岁，夫妻俩在仙台市内经营一家土产店。他们的长子已经结婚，次子名叫祐二，从当地的高中毕业之后就去了东京。

“他三年都没有回家了，可是前几天跟我们说要坐8月8日的东北新干线回来。”妻子文子语气沉重地说道。

丈夫晋吉一言不发。

“有您儿子的照片吗？”

听到渡边的问话，文子从提包里取出几张照片递了过来。都是年轻男子的照片，与被害人很像。

“像。先去看一下遗体吧。”说罢，渡边让二人坐上警车前往大学医院。

为了慎重起见，渡边在车里询问了田名部祐二的身体特征，毕竟还是父母最了解自己的孩子。母亲说儿子的右侧大腿上有一道五六厘米的伤疤，是小时候被刀扎伤留下的。渡边一听，心想果然没错。这一特征在报纸上没有提及，但是尸体的右腿上的确有一道六厘米长的陈旧性疤痕。果然，当他们到了大学医院的地下室看到遗体的时候，父亲一下子闭上了眼睛，母亲抱住尸体就哭了起来。这证实了渡边的预感。过了一会儿，渡边对夫妇二人说道：

“能说一下你们儿子的情况吗？”

3

渡边将夫妇二人带到县警察本部，并给他们冲了咖啡。

“祐二高中毕业之后就去了东京吧？”渡边自己也喝着咖啡，眼睛看着夫妇二人。

还是母亲开口答道：“我们劝他考大学，可是他自己却说想要去东京找工作，这不就去了东京。”

“这是几年前的事情？”

“七年前。”

“这么说，他今年有二十五岁了？”

“是的。”

“他去东京之后的情况，二老都知道吗？”

“知道。他刚到东京那会儿，一周给家里打一次电话。这孩子一直愿意干活儿，就想多挣钱。到了东京，只要是能挣钱的活儿他什么都肯干，我记得他在电话里很得意地跟我说，五年就攒了好几百万，可后来突然就跟我们断了联系。”

“那是什么时候？”

“我想是在他二十二岁的时候。”

“不对，是二十三岁。”父亲晋吉第一次开口讲了话。

“那就是说，令郎在二十三岁的时候，打电话跟你们说他攒了好几百万？”

“是的。”母亲点着头回答道。

“后来突然不联系了，为什么？”

“不知道哟。我们很担心，就打电话问他是不是有什么事了，他只说没什么，而且，情绪也不好。”

“那种情况持续了多长时间？”

“三年左右。”

“三年里一次也没回家吗？”

“没有。”

“这次是突然决定回家的吗？”

“是的。上个月末，他给家里打了电话，很高兴地说 8 月 8 日回家来。他说经历了很多不顺，但是都挺过来了，现在一切都好了。谁能想到他在回来的车上竟被人给杀死了……”

“他说过经历了哪些不顺，是怎么挺过来的吗？”

“在电话里问过他，他说回家再细聊。”

“他在东京的住处你们知道吗？”

“这个就是他的住址。”母亲取出今年新年收到的贺年片递给渡边。

地点是东京的三鹰。贺年片上边写着“恭贺新年”，此外只盖有一个生肖动物的橡皮印章，是一张极普通的贺年片。是因为男孩子心粗，还是他有什么难事，所以只给父母发来如此简单的贺年片？渡边一时还没有头绪。

“上个月，令郎跟你们联系的时候，说没说受到什么人的威胁或者被什么人仇恨？”渡边问道。

“他没说。”母亲回答道。

4

被害人的身份弄清楚了，调查取得了很大进展。东京那边，十津川和龟井得到宫城县警方的通报之后，二人去了三鹰。

在中央线三鹰站下了车又转乘公交车，十分钟之后，他们来到了位于调布市附近的一个叫“双见庄”的公寓。这里就是田名部祐二的住处。

这是一栋预制板式的建筑，田名部祐二住在二楼的209号房间。请楼管打开了房门，二人走了进去。旧式的房间都是四张半或六张榻榻米大小的，可是这间公寓却是将六张榻榻米大小的房间分为两室，虽然没有浴室，但是有厨房、厕所，还有一个小阳台。

因为家具不多，所以房间显得十分宽敞，墙上还挂着一幅宫城县地图。

“他果然心里惦记家乡啊。”龟井感叹道。

十津川想到龟井也是东北出身，老家在青森，于是问道：“你屋里也挂了青森的地图吗？”

“没有。有了孩子之后，就没心思整天想老家了。”龟井笑着说道。

十津川转而向楼管问道：“你知道田名部靠什么生活吗？”

“这一阵子在附近的电机工厂干活儿。”楼管答道。

“之前他干什么？”

“不太清楚，听他说他什么活儿都干过，在夜总会啦，当中介啦，反正他说什么挣钱他就干什么。”

“他说过自己攒了几百万存款吗？”

“几年前倒是听他说过，当时他手里不是有五百万就是有六百万。”

“他说过用那些钱干什么吗？”

“听说不知道干什么赔了不少，但不知道是真是假……”

离开公寓，十津川和龟井赶到了田名部做工的电机工厂，该厂是大企业N电机在三鹰的分厂。

二人见了工厂的人事课课长松沼，松沼身材矮小，但体格健壮。

“田名部君我太熟悉了。在报上看到了他的名字，我就挺担心的。”松沼说道。

“听说他是最近才来这里干活儿的？”

“是的。去年的4月份，我们在报纸上登了招聘广告，一共招了二十个人，田名部就是那时候来的。”

“你说你很熟悉他，为什么？”

“我们厂里有个橄榄球队，我是教练。田名部刚进工厂就进队了，我们两个人关系处得不错。”

“那么，是不是有些个人的问题他也会跟你说呢？”

“是啊。他这个人很要强，万事不求人，可是一喝上酒就什么都说。”

“他说过只要挣钱什么事情都做吗？”

“嗯，他说过自己攒了六百万元，可是投了什么资，赔了很多。”

“投资？”

“嗯。”

“他买股票吗？”

“我也问过他是不是买股票了，他只是摇头一笑。好像不是股票。我劝他说他还年轻，过去的失败不要放在心上。从那以后，他的情绪好了不少。”

“他提到过一个叫八木慎一郎的人吗？”

“八木慎一郎？没听说过。”松沼歪着脖子说道。

龟井有些失望，默不作声了。十津川接过话茬儿问道：“刚才你说跟田名部喝过酒？”

“嗯，因为我也喜欢喝两口。”松沼用手摸着头。

“你们去哪家店喝酒？”

“就是三鹰站附近的小酒馆，去那里的一般都是老年夫妻，一点儿也不好，就是便宜。”

“你们只去那里吗？”

“嗯，不是，田名部带我去过一次新宿的酒店，他说他以前常去……”

“以前？就是他攒了六百万的时候吗？”

“可能是吧。”

“新宿那家店叫什么名字？”

“好像是叫‘魅力’。我记得那里的老板娘是个二十五六岁的大美人。田名部跟我吹牛说他是那里的嘉宾会员。地点嘛，在新宿东口，好像在伊势丹的后边。”松沼说道。

莫非田名部祐二是在那里碰到的八木慎一郎？

5

十津川和亀井迅即向新宿赶去。

俱乐部和洋酒馆都集中在歌舞伎町，不过，伊势丹后身也有几家店。

晚7点左右，俱乐部和酒馆纷纷开门迎客了，可是他们并没有找到松沼所说的那家“魅力”，倒是有一家叫“枫”的酒馆。

二人来到位于二楼的酒馆，推门进到屋内。大概是因为刚刚晚上8点钟吧，店内还没有客人，只有一个三十岁左右的调酒师。调酒师在案台里边向十津川和亀井招呼道:“欢迎光临!”

意外的是，调酒师的神情并不高兴，大概他觉得这两位不是花钱的客人，可是出于礼貌还是问道:“二位喝点儿什么?”

“我们在执行任务。”十津川微微笑了笑，继续问道，“我记得这里有一家叫‘魅力’的店。”

“啊，‘魅力’两个月前就改成现在的店名了。”

“哦，这里还有没有以前在‘魅力’工作的员工?”

“现在的老板娘以前就在‘魅力’，后来用很便宜的费用兑下了这个店……”

“她什么时候来店里?”

“一般在晚上9点左右……”

“还有一个小时。”十津川看了一眼手表。他本想出去转一转，到9点再回来，可是他又想尽早了解“魅力”的情况，于是对亀井说道:“亀井君，咱们喝点儿东西吧。”

“好啊，我来可乐。”

“可乐?”调酒师耸了耸肩。

“有吗?”

“当然有。”

“那给我来一杯。”

“我也来一杯。”十津川说完，两人移到了案台的一边。

似乎经济萧条也影响到了酒馆的生意，迟迟没有客人光临，调酒师和女招待一副无事可做的样子。

时间过了晚9点，终于来了三个客人，同时进门的还有老板娘。老板娘叫作井本静子，看上去有二十五六岁，身材高挑，是个小脸的女人。当她听十津川和龟井说明了想了解“魅力”的来意，便迎头来了一句：“‘魅力’的老板娘和经理看着可不像坏人。”

“不，我们是想了解客人的情况。经常来的客人里边有这两个人吗？”说罢，十津川给她看了田名部祐二和八木慎一郎的照片，心想田名部是“魅力”的老顾客，应该能问出些什么，最好也能了解到八木的情况。

静子目不转睛地看着照片，脸上带着笑容说道：“这不是田名部先生和八木先生吗？他们俩经常来。”

“果然是这样。”

“他们俩怎么了？”

“你不看报纸吗？”龟井问道，静子却耸了耸肩。

“听说田名部是‘魅力’的嘉宾会员？”

静子“嗯”了一声，点点头继续说道：“‘魅力’的老板娘是昭和三十二年[①]生人，所以她建了一个‘三十二会’，客人中有同年出生的都加入了。”

“田名部也入会了吧？”

“嗯，八木也是会员。”

---

① 昭和三十二年，即公元1957年。

“哦。看上去你也是同年生人，也入会了吗？”

听到十津川的问话，静子笑道：“嗯，我也是昭和三十二年生人，所以老板娘也劝我入会，可是我没同意。”

“为什么？”龟井从旁问道。

“‘魅力’的老板娘爱赚钱，好像让客人集资干些什么事情。我觉得入了会就得投钱，所以我没同意。”静子笑着说道。

“这么说，田名部和八木都出钱了？”

“哎呀，那我就不知道了。但我知道田名部跟老板娘吵过架，好像他们的事情有了些麻烦。”

“有多少客人加入了‘三十二会’？”

“我记得有老板娘、经理，还有五六个客人。起初说是特别会员制，可后来不是昭和三十二年出生的人也加入了进去。在得知老板娘让他们参与投资项目之后，也有人退出，反正到最后总共有七八个人。”

“你能告诉我老板娘和经理的名字吗？”

“老板娘叫二宫由美，经理叫佐佐木彻。”

“加入‘三十二会’的客人的名字你知道吗？”

“有些人的名字也不知道是真是假。”

“没关系，把你知道的告诉我们就可以。”

“嗯，有一位叫永井，还有青木，其他还有一两个人，我想不起他们的名字了。”

“你知道老板娘二宫由美和经理佐佐木彻现在在哪儿吗？”

“老板娘回老家去了，所以把这个店低价兑给了我。”

“她的老家在哪儿？”

“好像是东北，她说过他们那里积雪很厚。”

“是仙台吗？”龟井从旁问道。

“好像不是那样的大城市，要是仙台和青森我会记得的。”

“二宫由美搞的集资究竟是干什么的？”

听到十津川的问话，静子歪着头说道：“老板娘总是神秘兮兮的，对没参加集资的人是只字不提的。”

6

十津川和龟井将在调查中听到的人名记在记录本上，然后走出了酒馆。

看来田名部祐二将积攒的六百万元投资到了某个买卖，结果赔了进去。投资或许与二宫由美的“三十二会”有关，甚至有直接关系。

问题是后边的事情。田名部大概把自己的血汗钱投到了二宫由美的集资活动，结果投资不顺，六百万日元打了水漂，他心灰意冷，干脆到住处附近的电机工厂去上了班，可心里还是为那六百万日元感到惋惜。

于是，田名部想起了在“三十二会”里认识的八木慎一郎。

他得知在东西互助银行就职的八木非法挪用了一亿日元巨款，便心生一念，企图对其勒索以弥补自己损失的六百万日元。较之一亿日元，六百万日元实在是个小数目，田名部觉得即便是勒索八木他也会就范的。大概是因为田名部将在8月8日回仙台，于是他威胁八木在此之前交出六百万日元，结果导致八木在东北新干线列车上将其毒杀。

假如这一推理正确的话，那么这个案子就算结了。十津川在搜查会议上讲了自己的上述想法。

“道理说得通。”搜查一课本多课长说道。

“这样的话，就可以结案了吧？”三上部长接着说道。

三上是想尽早结案了事。东北新干线开通仅两个月，便发生了罪犯逼停列车并且逃脱的案件，加之还牵扯到杀人案，所以引来新闻媒体大肆报道。得知警方事先预判到8月8日在东北新干线列车上将有事情发生，却没能防止，更是谴责之声四起，警方被推到了风口浪尖上。围绕着该案件，三上部长成为记者们穷追猛打的目标，因此，哪怕只是为了维护警方的颜面，三上也想尽早了结此案。

“看似有一定的道理……”十津川很少见地表现出含糊的态度。

“还有什么疑问吗？”本多问道。

“为了万全起见，我觉得应该找到‘三十二会’的发起人二宫由美和佐佐木彻，让他们把事情说清楚。”

“有什么必要问他们二人呢？”三上皱着眉头看着十津川。

“我刚刚说了，是为了万全起见。”

“还有必要吗？在8月8日的17次‘山神号’列车上，一个叫田名部的人被毒杀，邻座的八木慎一郎将列车紧急制动后逃跑，并从高架桥上跳下，全身多处受伤，最后溺水而亡，整个案件不就是这样吗？还有，在此之前，罪犯为了弄到车票还杀死了女白领大矢桂子。”

“是的。”

“只是原来不清楚田名部祐二和八木慎一郎二人的关系和作案动机，但经过后续调查不是也弄明白了吗？所以，结论是合理的，还有什么需要万全考虑的必要呢？”

“如果是二宫由美欺骗‘三十二会’的会员而卷走了钱款，那么，或许八木从银行侵吞的一亿日元也被骗走了。如果是这样，那么田名部就没有勒索八木的理由。”

“你说得不对，十津川君。就算像你说的那样，八木将侵吞的一亿日元全部投给了二宫由美，可是，田名部也许是在不知情的情况下勒索八木的。或者他是知情的，但因为八木是银行职员，田名部认为他怎么都能弄到钱，这不是也有可能吗？假如受到勒索的八木手里有一亿日元的话，也许会给田名部六百万日元，然而他已把钱投给了二宫由美。如果他不给田名部六百万日元的话，田名部就会把事情捅开，导致八木被银行开除。于是，八木在东北新干线的列车上杀死了田名部。这么看，来龙去脉不是很清楚吗？”三上瞪着十津川说道。

“话是这么说，但我还是希望得到二宫由美和佐佐木彻的证词。”

“你有把握在十二个小时之内找到这两个人吗？”

“说实话，没有把握。”

“那可不行。我打算明天中午就召开记者见面会，宣布案件已经告破。”

“请允许我去调查，至少我要做到能够说服我自己。”

“你调查什么？”

“二宫由美和佐佐木彻。如果他们俩是坏蛋，卷走了大家的钱，那么损失了六百万元的田名部就不应该勒索八木，而应该威胁二宫由美和佐佐木彻才对。”

“你需要多长时间？”

“明天中午之前查清，会后就开始。”

“可是马上就到夜里 12 点了。”

“调查这种事，越是半夜越好。”十津川说道。

即使过了夜里 12 点，新宿的中心地带依然热闹非凡。十津川他们着手调查“魅力”的老板娘和经理佐佐木彻的情况。

本以为这两个人心狠手黑，席卷了“三十二会”会员的巨款后逃之夭夭了，可是随着调查的展开，他们发现此前的判断是错误的。二宫由美和佐佐木彻的确有野心，不甘心做一个小店铺的老板娘和经理，于是琢磨各种创业的路子。但是，他们并不是只顾自己保本而让别人赔钱的那种人。

十津川他们找到一个四十岁的男子，他在“魅力”边上经营一家小俱乐部。他对十津川说道：“她弄的那个‘三十二会’我知道一些。老板娘和经理佐佐木没干过骗客人钱的事情，是大家一起做的。所以说，如果都赔了钱，他们俩肯定也跟着赔进去了。”

第二天早晨，十津川他们又找到一位二十五岁的男职员，他曾经参加过“三十二会”。

“老板娘可是个很有魅力的女人。”男子面带笑容地说道。

“她长得很漂亮吗？”龟井问道。

“人长得好看。关键是她脑子转得快，这是她最有魅力的地方。”

“她把大家的钱集在一起干什么了？”

“嗯，这个我知道。我离开‘三十二会’之后，听说他们投资了一个很大的业务，结果失败了。虽然我不知道究竟是什么业务，不过老板娘这个人做事总是很有把握才出手，所以那些人才会同意出钱。我觉得是那样。”

“你知道他们俩现在在哪儿吗？”

十津川问过许多人，可是得到的回答都一样，没人知道二宫由美和佐佐木彻在哪里。

8月12日下午1点钟，警方召开了记者招待会。三上部长代表警方宣布案件已经告破。

可是，列席的十津川感到十分不安，心想：案件真的了结了吗？

他认为该案非但没有了结，甚至远未结束。在他的头脑里掠过一个念头：8月8日东北新干线列车里发生的案件只是一个更大案件的开始。

第五章

白石藏王站

白 石 蔵 王 駅

1

东北新干线自开通以来没有发生过事故，运行顺畅。

虽然发生了 8 月 8 日的案件，但那不是新干线本身发生了故障或者有什么决策失误，因此，国铁方面一直很有自信。

此前，因为是在新开通的东北新干线列车上发生的杀人案，所以，媒体对案件进行了大肆报道。不光是报纸，电视上也一而再，再而三地播报。媒体与其说是对案件感兴趣，不如说是对新干线更感兴趣，证据就是：许多报道以“东北新干线首起杀人案”为题，都把关注的重点放在了东北新干线上。

然而，喧闹一时的媒体意外地迅速沉寂下来，一是因为案件并非新干线自身的问题，二是因为罪犯已经死亡，警方的侦查结束了，就连搜查总部都解散了。到了盂兰盆节[①]结束后的 8 月 20 日，案件几乎已经从人们的记忆中消失了。

在现代社会，发生些许案件不足为奇。或许是在某一个暑

---

① 盂兰盆节，来源于佛教，是超度先人的日子，在日本是非常重要的民间节日，会举行很多活动。

热的夏天，在新宿繁华的街头，有一个头脑不正常的男子无差别地刺伤了三个路人，或许是在九州发生了造成人员伤亡的地震。

8月20日，星期五。这一天也和往常一样，从早晨开始就热得使人打不起精神来。总裁秘书北野在上午8点30分来到国铁本部上班。

自东北新干线于6月23日开通以来，北野一直非常留意每天乘降的旅客人数，所以，他养成了一个习惯，一到班上便马上查看前一天的乘车率。时至今日，乘坐人数好于预期，大概是因为开通不久就赶上了暑假，因而乘坐新干线回东北的年轻人多吧。

北野心里想的是今后的问题。东海道新干线、山阳新干线的线路经过的是环太平洋地带，沿途有东京、大阪、北九州等日本代表性大都市，此外还连通名古屋、京都、神户等城市，其乘车率自然很高。反观东北新干线，沿途没有像东京、大阪那样的大都市，而且只开通到盛冈，因此弱势明显。眼下因新鲜感和暑期返乡的因素，乘车率还算不低，真正的考验却在今后。各铁路管理局正在计划进行多方宣传，以期尽可能多地吸引旅客。许多宣传都将东北各地的民间节庆活动与新干线联系在一起，并且取得了相应的成效。然而，暑假毕竟不会持续很久，终有结束的时候。虽然秋天有红叶，冬天可滑雪，可问题是有多少人会利用新干线来赏红叶和滑雪呢？想来还是打安全牌才能博得人们的信任。东海道新干线和山阳新干线自开通以来没有发生一起人身事故，在这方面，东北新干线必须向他们看齐。

想着想着，北野突然想起了8月8日的案件。一名旅客在车厢里被人毒杀，凶手竟跳车逃跑，最后溺水身亡。好在责任不在国铁方面，如果发生的是列车脱轨事故，甚至出现了伤亡，总裁都得担责任。但愿今天列车运行顺利。想罢，北野看了一下手表，现在是8点56分，马上就到9点了。9点15分，下行开往盛冈方向的13次“山神号”列车将从大宫站出发，而9点30分，上行的50次“山神号”将从仙台发车。

2

警视厅搜查一课的十津川因睡眠不足眼里布满了血丝，他看了看表，嘴里嘀咕道：“已经9点了。”

凌晨3点多，他们刚刚破获了一起杀人案。因为是在银座和新宿接连发生的案件，所以抓捕凶手的线索从一开始就很明确，只是搜集证据费了一番周折。待完成取证、逮捕凶手，到凶手供认，时间就过了3点。于是，十津川他们就在警视厅睡下了。

十津川轻轻地伸了一下懒腰，这时，已经醒来的亀井在洗漱室洗完了脸返回到室内，他从抽屉里取出电动剃须刀一边剃着胡须一边问道：“警部，你没事吧？”

“怎么了？”

“你还困吧？再睡一会儿吧。”

“龟井，我可比你年轻，你应该再睡一会儿才对。”说罢，十津川又伸了一次懒腰。

见此，龟井一边笑着一边说道：“说实话，真想请四五天假，到东北的休闲温泉放松放松。不是浅虫、饭坂那样有名的地方，东北有许多不出名的温泉，但是也非常好。”

“你这么一说我想起来了，附近的超市里就有利用东北新干线搞温泉游的宣传广告。”

“那个女人现在怎么样了呢？”剃完胡须的龟井摩挲着下巴看着十津川。

“女人？”

“就是跟8月8日那件案子有关的老板娘。”

“哦，我记得她叫二宫由美。”十津川回想着说道。

17次“山神号”上发生的杀人案已经了结，成为记忆，可是事实上，十津川的心里仍有疑虑令他无法释然。作为一名刑警，其职业化程度越高，渴望查明真相的愿望就越强烈。即便逮捕了罪犯，罪犯业已招供，证据确凿完整，如果案件尚有疑问，警察的心里依然会觉得别扭，无法平静。

8月8日的案子就属于这样的案件。有被害人，有凶手，动机也清楚，因此，案件已经完结，封入卷宗。然而，当这个案件结束的时候，十津川却仍然心存疑虑，理由有二：一是与其说抓住了罪犯，倒不如说其中反映出了某些问题；二是关联本案的两个人——与被害人和凶手有关系的“魅力”的老板娘二宫由美和经理佐佐木彻，还没有找到。

“好像是有一列在 9 点 15 分从大宫站发车的列车。”龟井想起了当时的情况。

当时办案的时候，他背下了东北新干线的列车时刻表。由于当时不知道罪犯将乘坐哪趟“山神号”列车，于是他记下了所有车次的时刻，现在记忆犹新。

“是 13 次‘山神号’，去盛冈的。9 点那个时段的下行列车还有一班是 9 点 40 分发车的，上行列车是 9 点 30 分从仙台发车的。”十津川嘀咕着，脑海里浮现出疾驰的白底绿条纹的列车。当时他曾想过，下次要在没有案件缠身的时候再坐一次“山神号”。

3

将在 9 点 30 分发车的 50 次“山神号”上行列车已经驶入仙台车站 14 号站台，距离发车还有九分钟。

在故乡东北过完暑假的孩子们和家长的手里都拎着大包的

土特产，他们乘坐直升梯上到四楼的新干线站台。旅客中也有许多年轻的姑娘，大概随着新干线的开通，东北也成了吸引女性的旅游地点吧。

在棚顶曲线舒缓的站台里，停着有十二节车厢、全长三百米的50次“山神号”列车，白色车身上涂着绿色的条纹，看上去十分优雅。

在7号头等车厢旁边，有一对一看便知是新婚的新人被十二三位送行的同事围在那里互相寒暄着。他们大概已在仙台举行了婚礼，现在要乘车去成田机场，然后出国新婚旅行吧。

包括这对新人在内，头等车厢的五十二个座位几乎满员。虽然刚刚8月，回乡的人们早早就开始返程了。

《日本月刊》杂志的记者泽田也跟大家一样，带着新婚宴尔的妻子回到了老家仙台。因为只有三天休假，所以他不知道这能不能称为省亲。妻子久美子与他在同一家出版社工作，是一名摄影记者。近来女摄影记者多了起来，毕竟女性有女性的优势。

泽田夫妇之所以此次回乡往返都坐头等车厢，是因为平日忙于工作，连新婚旅行都没顾得上，如此也算是一种补偿。

泽田家在仙台市内经营着一个老字号的牡蛎料理店，以往在冬天主营牡蛎料理，夏季也卖其他货物，不过，近些年由于冷冻技术的进步，夏天也能经营牡蛎料理了。

二人上得车来，将从家乡带回的土特产放到行李架上之后便各自入了座。泽田在去关西地区和中国地区[①]采访的时候通常乘坐东海道、山阳新干线，然而车内的感觉与此大不一样。旧线路的头等车厢只是较之普通车厢设置了躺椅，而东北新干线的头等车厢则豪华得多。不单单是过道，整个车厢都铺设了地毯，令旅客感到舒适。车门和内饰同为茶色，座位则是酒红色，而且座椅靠背可以调节五个档的倾斜角度。东海道、山阳新干线头等车厢有十七排六十八个座位，而东北新干线只有十三排五十二个座位，因此给旅客以宽敞舒适的感觉。

"我去拍一张车内的照片。"

久美子出于职业习惯，趁着列车还没启动，拿起一台小型照相机沿着过道向机车方向走去。泽田苦笑了一下，点燃了一支烟。

列车马上就要启动了，一个身材矮小的老人带着三个年轻人登上车来。泽田觉得此人面熟，原来是被称为"财界怪物"的立野由太郎。

立野已经年过七十，大概是因为身材矮小的缘故，看上去仿佛只有六十多岁，气色也很好。随行的三名男子似乎是十分干练的秘书，虽然天气炎热，他们却穿着得体的西服，打着领带。其中一人调好了座椅的角度，然后三人围坐在老人身边。

---

① 此处的中国地区不是指我国。按照日本的行政区划，本州岛西部的冈山县、广岛县、山口县、岛根县和鸟取县称为中国地区。

立野曾因给政界提供了巨额政治献金而遭到质疑，一度销声匿迹，又因为趁着东北新干线的开通，在铁路沿线收购地皮、兴建宾馆而再次名声大噪。泽田心想：这家伙又为赚钱出洞了。

“啊，累死我了！”随着一声尖叫，一个年轻女子跑进了头等车厢。仿佛这一声尖叫是发车令，列车开始启动了。

泽田觉得这个女人也似曾相识，不，不光是泽田这样觉得，只要是看过电视的人都认识这张面孔，她是偶像歌手岛崎顺子。紧跟其后的是一个中年男子和一个年轻男子，那个中年男子是她的经纪人。三人走过泽田身边，在他斜后方的座位坐了下来。泽田心想：莫非岛崎顺子到仙台市内的剧场举办了演唱会？

《日本月刊》是一个综合杂志，自然也报道演艺圈的消息，泽田觉得妻子久美子大概对岛崎顺子更感兴趣。

待久美子回到车厢，泽田小声地对她说道：“岛崎顺子在车上。”

听罢，久美子会意地一笑：“知道。不过只是拍摄她乘坐新干线的照片也没什么意思。”

“难道你不觉得和她在一起的年轻男子有文章可做吗？”

“对啊，让我隔着你的肩膀拍几张。”说着，久美子以丈夫的身体为掩护反复按动着快门，转而拉出前排座椅后边的小桌板，把相机放在了上边。这个小桌板和飞机上的设计相同，这在东海道、山阳新干线上是没有的。

50次“山神号”酣畅地奔驰着，车身很平稳，一是因为东北新干线是刚刚运行不久的列车，再者是采用了将水泥轨枕与路面固定在一起的无砟轨道的缘故。

“马上就到白石藏王了。”泽田望着窗外说道。

“我听说和岐阜羽岛一样，也是‘政治车站’，是真的吗？”[①]

“我也有许多耳闻。仅从在田野里建站这一点来看，似乎人们说得没错。”

“可是，‘山神号’没停过车吧？”

“嗯，真想找机会坐‘青叶号’下车看一看。”

正在泽田说话的当口儿，列车突然把速度降了下来。

“奇怪，白石藏王站是不该停车的啊？”

4

东北新干线的驾驶室较之以往的新干线高出二十一厘米，底盘下多安装了电动装置。因此，其自动化程度提高了，一名司机就可操控整个列车，虽然有副驾驶的座位却没有配副驾驶司机。

---

① 东海道新干线在设站阶段时，岐阜县方面经过协调，在县内设置了岐阜羽岛站。但该站离周围的主要城市较远，基本没有什么客流，它的设置还造成了一定程度的路线迂回，增加了行车时间，因此这座车站被民众揶揄为“政治车站”。

50次“山神号”上行列车的司机叫坂本，他确认好了列车正以一百七十公里的时速运行，然后抬起头继续注视着前方。通过高架桥的时候，周遭没有什么赏心悦目的景色，映入司机眼帘的只有望不到边的铁轨和发白的隔音墙，还有许多隧道。另外，司机就一个人，连个说话的对象都没有。

在司机的右侧有一个与计算机联机的监控显示屏，与各节车厢的监控终端连接，所以，司机想要了解的情况都会一目了然。通过这个监控装置，列车当时的位置、速度、时刻，以及发生故障的部位和程度，司机都可以掌握。

突然，列车发生了紧急制动。坂本将目光投向监控显示屏，上边显示出“第四组（7号车厢、8号车厢）紧急制动启动”。

紧急制动阀在乘务室里，也就是在7号车厢的乘务室。

列车的速度从时速一百七十公里很快降了下来。

驾驶室里的监控显示装置是直通东京综合调度室的，因此，东京方面也应该知道7号车厢乘务室的紧急制动阀启动了。

坂本拿起车内电话联系7号车厢的守田列车长。这时，车速还在下降，可是守田那边却迟迟不接电话。究竟发生了什么情况？正当坂本心急如焚的时候，列车在白石藏王站前停了下来。终于，守田列车长接听了电话，他用沙哑且颤抖的声音说道：“有一名旅客突然闯进了乘务室，打了我，然后拉动了紧急制动阀。”

“那个旅客呢？”

“抓住了。”

“紧急制动怎么样了？我这里的显示屏显示没有异常。”

“不清楚。那个人乱搞了一气，八成给弄坏了吧？”

“你怎么样？”

“被打了脑袋，不过不碍事。”

司机坂本把列车长讲的情况统统告知了东京的综合调度室。

“请把列车开进白石藏王站的辅道。”综合调度室发出了指令。

驾驶室控制台正面的速度仪上再次显示出“30”的数字，这是ATC提示以时速三十公里运行的指令。50次“山神号”列车缓缓靠近白石藏王站，剧烈地向左侧晃动着驶入了辅道。

5

东北新干线综合调度室与原来的东海道、山阳新干线的调度室均设置在东京站内。东京站地上部分为十层，高四十五米，地下五层，面积达三万平方米。这里不仅负责东北新干线，还负责包括上越新干线在内的两千公里铁路的调度。

综合调度室位于九楼。

嵌在绿色墙壁上的CTC显示屏上，在表示白石藏王站的位置，亮起了50次“山神号”已经进入辅道的显示灯。同时，显示屏上还通过计算机辅助交通控制系统显示着其他控制情况。

计算机辅助交通控制系统，即 Computer-aided Traffic Control System，是一个巨大的计算机装置。该装置可以显示列车的位置、风速警报（每秒二十米的风速以白色显示，每秒二十五米的风速以橙色显示，每秒三十米以上的风速以红色显示）、列车号码、停电情况（停电区间以三角形红色闪烁灯显示）、线路开通情况、地震警报等各种信息。

工作人员得知发生紧急制动的 50 次“山神号”已经进入辅道，总算松了口气。当列车出现站间停车的情况，ATC 就会启动，后行列车便自动减速或者停车。50 次“山神号”列车进入辅道之后，需要再次变换道岔，所以线路全部处于畅通状态。

后行列车有 10 点 15 分从仙台发车的 202 次“青叶号”，以及 10 点 20 分从盛冈发车的 12 次“山神号”，但是在显示屏上还没有显示。

调度室通过车载电话与 50 次“山神号”取得了联系。司机坂本报告道:“刚才本站的检修人员到车下进行了检查，看样子没有问题。”

“现在车站的情况怎样？”

“有几名工作人员已经来到了站台，正在协助我们工作。”

五六分钟之后，列车长守田接听了电话，说道:“我们想把肇事的旅客交给白石藏王站。”

“可以。”说罢，调度室的工作人员看了一下手表，50 次

“山神号”因一个旅客的胡闹已经耽误了二十分钟。

计算机辅助交通控制系统再次启动了对列车的控制，在CTC的显示屏上，绿色箭头形状的显示灯显示列车可以从白石藏王站辅道进入主道。“山神号”按照系统指示的速度从辅道驶入主道，速度渐渐加快。

照此下去，一切将恢复正常。然而，正当综合调度室里的气氛轻松下来时，外线电话的铃声突然响了起来。

6

电话中传来一个男子的声音。

“立即命令50次‘山神号’停车，否则我就炸了它。”

接听电话的小坂井调度长起初以为这只是一个骚扰电话。因为以前就接到过这样的电话，后来确认就是一场恶作剧，此外还接到过骚扰信件。不光是总调度室，国铁总社和东京站也曾接到过一些恶意的骚扰电话，对方声称在列车上安装了炸弹。多数人与其说是憎恨国铁，不如说他们是想通过骚扰电话引起大面积恐慌，并以此为乐的变态分子。

小坂井看了看显示屏，表示50次“山神号”的显示灯闪烁着，正缓缓向下一站福岛的方向行驶。

“你打这种恶劣的骚扰电话，我们会报警的。”说罢，他准备挂掉电话。

“不是骚扰，我给你看个证据。”

“证据？什么证据？”小坂井不禁握紧了话筒，因为他感到了来自对方的压力。

“我先搞一个小爆炸，但不会伤及旅客；如果你们不听我的命令，我就把列车炸飞。”

“喂喂！”小坂井急促地呼叫着，可是对方已经挂断了电话。他大声吼道：“马上联系 50 次‘山神号’！”

7

时速五十公里……时速六十公里……进入东北新干线主道的 50 次“山神号”列车正有节奏地提着速。

驾驶室的电话铃响了，坂本拿起话筒说道：“我是 50 次‘山神号’。”

“我是综合调度室的小坂井……”

话音未落，随着刺耳的爆炸声，列车微微颤动了一下。发生爆炸的同时，自动制动装置立即启动，列车速度降了下来。

“发生了什么事情？”小坂井调度长在电话中大声问道。

坂本再次拿起听筒，大惊失色地答道：“刚才听到了爆炸声，列车发生了晃动，自动制动装置启动了，列车快停了。”

“明白。你知道是什么原因吗？”

“我摁了监控器按钮，可是什么显示都没有。看来不是列车故障。”

“马上进行全车检查，确认旅客是否安全。”

“明白！”坂本说罢，便呼叫守田列车长。

守田也用颤抖的声音问道：“发生了什么情况？”

这时，列车突然停了下来。

坂本继续对守田说道：“我也不知道，你先检查一下，看看有没有旅客受伤。”

守田走出头等车厢乘务室，与另外两名乘务员分头向两边的车厢走去，对全车进行检查。

守田一走进头等车厢，旅客们便纷纷发出了质问：

“怎么回事儿？”

“是什么东西爆炸了！”

还有的旅客把脸贴在窗户上向外眺望。

守田努力面带笑容地说道：“现在我们正在调查原因，请大家冷静！”

“列车为什么停了？”一名旅客问道。他是陪同一位老人乘车的三名年轻人之一。守田立刻认出了那位老人就是立野由太郎。

“发生意外情况时，列车会自动制动，这是为了确保安全。各位，有没有人受伤？”

“这位是立野由太郎先生，东京那边有一个重要会议等着他老人家出席，希望你们能尽快发车。”年轻人态度傲慢地说道。

“确认安全之后就发车。”

“确认需要多长时间？”立野抬起头问道。

“我想不会太久。”守田说道。

十二节车厢都检查过了，没有旅客受伤。车厢地面和厢壁也没有裂痕，车窗玻璃也没有破碎。爆炸似乎发生在地板下方，虽然爆炸声很大，但是威力并不大。

8

综合调度室的电话又响了。

小坂井拿起了听筒，还是刚才那个男子的声音。

“怎么样，现在知道了吧？”

“你为什么要这么干？”

“过会儿我会跟国铁总裁讲我的目的。在我跟总裁讲完话之前，你们就让‘山神号’停在原地，不许打开车门放旅客下车，只要有一个旅客下车，我就炸毁列车。你把我的话告诉乘务员！”

男子带着命令的口气，而且胸有成竹。小坂井虽然怒火中烧，但是，面对炸毁列车的恐吓，他无言以对。另外，他想起了国铁的最高命令：刚刚开通的东北新干线不能发生事故，特别是不能发生人身安全事故。这道命令对于饱受批评的国铁来说是一条不能触碰的红线。

于是，小坂井立刻又和“山神号”列车取得了联系，这一次，他让列车长守田接听了电话，说道：

“不许打开车门让旅客下车，都在座位上等候。”

“可是，我们怎么对旅客解释呢？虽然刚才的爆炸没有伤人，但是，旅客们的情绪很不安，不解释清楚的话，恐怕局面会失控的。”

“一个男子在‘山神号’列车上安放了炸弹，刚才的爆炸只是个警告。”

“告诉旅客这个情况，那可是火上浇油哇，旅客们会争先恐后踢开车门逃跑的。这趟列车几乎满员，拥挤起来就会有人受伤的。”

“你就说前方线路上发现了障碍物，等到排除之后才能开车。在此期间绝对不许有人开门下车，紧急出口的安全门也绝对不许打开。那个人说了，只要有一名旅客下车，他就炸毁列车。”

“那个人提出了什么要求？”

“不清楚，也许是要钱吧。”

“那要等多长时间？”

“我们也希望尽快解除目前的危机，所以，你们首先要保证旅客安全，切记切记！”

“他是什么时候在列车上安放炸弹的呢？这列火车可是在仙台的车辆基地检验好之后才发车的呀。”

“不是有一个旅客打了你还拉动了紧急制动阀吗？也许是他趁机安放的。”

“有道理。这样的话，我心里有数了。”守田说道，那口气仿佛他马上就要到车厢里查找一番似的。

小坂井对守田有些不放心，又叮嘱道：“务必小心谨慎。”

9

上午 10 点 40 分刚过，一男子给国铁总公司打了电话，他声称要找木本总裁。电话是由总裁秘书北野接听的。

“我在东北新干线‘山神号’列车上安放了炸弹！……”他直截了当地对北野说道。

因为还没有得到来自东北新干线综合调度室的任何消息，所以北野以为这是跟以往一样的骚扰电话，于是，没有应答便准备挂断电话。

“我没骗你。现在 50 次‘山神号’就停在白石藏王南边，你可以确认一下。”对方十分沉着地说道。

北野一听，急忙用手捂住话筒，对旁边的女办事员说道：

“马上接通东北新干线的综合调度室。”

当办事员用近边的电话接通了东北新干线综合调度室的电话，北野用另一只手抓住了话筒。

“刚才有一名男子说他在‘山神号’列车上放了炸弹，是真的吗？”

“是真的。”小坂井答道。

“他还说50次‘山神号’列车现在停在白石藏王南边，这也是真的吗？”

“是的。他为了证明自己所言不虚，还启动了一次小爆炸，所以我们只好让‘山神号’停在了白石藏王以南约三千五百米的地方。他还说，一旦我们开车或者打开车门让旅客下车，他就炸毁列车。”

“也许他在使用无线遥控吧。”

“我也这样认为。他有什么要求？”

“这正是我要问的。你们把50次‘山神号’的详细情况报告上来。”说罢，北野从档案柜里取出录音机连接到男子打来的那部电话上。待磁带转动起来之后，他对男子说道：“我问了综合调度室。”

“弄明白了吧？”

“明白了。你想要什么？”

“给我准备一亿两千六百万元现金！今天的50次‘山神号’列车几乎满员，车上有将近九百个人，这一亿两千六百万元就当作是他们的赎金。从现在开始，一小时之内把钱给我准备好，装在两个手提箱里。一小时后我会再联系你的。”

“一个小时之内准备这么一大笔钱，这是不可能的！”

听了北野的话，电话里的男子发出淡淡的笑声，说道：“今天是国铁发工资的日子吧？即便是银行转账，日本银行也会准备出这么多钱的。区区一亿两千六百万元现金准备起来并不难。不管怎样，如果不能在一小时之内准备出钱来，我就引爆安放在列车上的炸弹。到时候有多少旅客丧命，那可就是你的责任了。”男子说罢就挂断了电话。

第六章

赎金

1

十津川和龟井接到电话之后，匆匆赶到了国铁总公司。

他们特意没开警车，而是从樱田门乘坐地铁赶往东京火车站，然后步行到了国铁总公司。

“咱们担心的事情到底变成了现实啊。”

在电梯中龟井说道。

如果真是这样的话，那么这个案件是否与8月8日的案件有关?

木本总裁因为去国会参加行政改革问题说明会，不在总公司，所以，由副总裁松尾和秘书北野一起接待了十津川和龟井。

北野介绍了情况，并播放了与男子的通话录音。

“你们打算支付赎金吗?”十津川向松尾副总裁问道。

松尾皱了皱眉:“没办法，毕竟旅客的生命是第一位的。我觉得敲诈分子是特意选择这一天的。”

十津川心想，原来今天是公司发工资的日子。

松尾继续说道:“如果不付赎金的话，哪怕有一名旅客死亡，媒体都会大做文章哩。他们肯定会说国铁舍不得为旅客出赎金，钱拿去给职工发工资啦，或者说哪怕暂时用职工的工资做赎金，也应该救旅客的性命啦……”

“一亿两千六百万日元，能按照罪犯说的在一个小时内准备出来吗？”

“这倒是没问题。正好今天是发工资的日子，日本银行方面已经给我们准备了。想从中拿出一部分的话，马上就能办到。”

“这正是那个家伙算计好的。”北野补充道。

“他索要的金额很奇怪哟。”龟井歪着头插了一句话。

“我也觉得奇怪。他为什么不要一亿五千万元或者两亿元呢？”北野说道。

“他不会是认为这个数额能很容易得手吧？”

“这个混蛋，我连一分钱都不想给他。”松尾副总裁咬牙切齿地说道。

“50次‘山神号’现在停在白石藏王附近吧？”

听到十津川的问话，北野赶忙拿来一张地图。这是一份标有东北新干线线路图的地图。

“其他列车怎么样了？”

“上行下行列车或者停驶或者减速了。因为不知道50次‘山神号’什么时候会发生爆炸，其他下行列车都停在了福岛。”

“你们认为罪犯是在什么时间把炸弹安放在火车上的？”

“这个嘛，这趟列车是在仙台的车辆基地进行了安检之后，于9点30分从仙台发车的，所以，我觉得罪犯不可能在那段时间下手。问题出在列车到达白石藏王站之前，曾有一个旅客冲进了 7 号车厢的乘务室，还动手打了列车员，拉动了紧急制动阀，导致列车在白石藏王站紧急停车。那个人好像是头等车厢的一个旅客。”

“这和 8 月 8 日那起案件有些像啊。”十津川和龟井对视了一下。

“是啊。”

“那个旅客怎么样了？”

“交给白石藏王站的工作人员了。然后列车就发车了，可是刚刚发车就接到了罪犯的电话。”

“这么说，可以认定就是那个旅客安放了炸弹？”

“很有可能。综合调度室已经打电话给白石藏王站进行核实了，可是还没有反馈。”

“你们知道车内旅客的情况现在怎么样了吗？”

“目前还比较稳定，可是再这么等下去就不好说了。要是知道列车被安放了炸弹，那就更麻烦了。”

2

泽田在头等车厢里向窗外张望着。

十几分钟之前，列车广播了一个通知：

由于前方线路上发现障碍物，工作人员正在清理，在此期间请各位旅客原地等候。

而后便没有了消息。

因为车内还开着空调，去餐车也能取餐，因此，旅客们还没有不满之声。

“线路上的障碍物会是什么呢？”久美子一边在桌板上更换相机胶卷，一边向泽田问道。

“东北新干线上的隧道很多，再往前还有一条一万多米的藏王隧道，有时会有石头从隧道上边掉下来堵住线路。”

“刚才那个声响就是落石的声音吗？”

“不会是飞机坠毁的声响吧？”

“我去机车那里看一看。”久美子说着，拿着照相机站了起来。

“你要干什么？”

“我想去驾驶室，拍摄一下障碍物。如果是你说的那种落石，可就成了新闻了。”

“我跟你去。”泽田说着也站了起来。

两人出了 7 号头等车厢向 6 号车厢走去。

东北新干线的车厢，奇数号车厢的内部是橙色调，偶数号车厢的内部是绿色调。这是一种新的色彩安排，倒也不是因为所有车厢都采用统一色调就不好。

每一节车厢里都几乎满员，但是还算安静。有举家出行的旅客在吃盒饭，当然，也有的旅客在嘟嘟囔囔地发着牢骚。

1号车厢是橙色的。当泽田他们来到1号车厢，发现列车长正在那里。于是，久美子问道：

“我可以到驾驶室里去吗？”

“你去那里做什么？”列车长守田问道。

“车上广播里不是说线路上发现了障碍物吗？从驾驶室里也许可以看到。我想拍几张照片，行吗？”

“这可不好办。”

“为什么？我是记者。”久美子说着，把带有杂志社名头的名片递给了守田。

守田扫了一眼，说道：“总之还是不可以。按照规定，驾驶室是严禁外人进入的。”

“可是，现在列车是停着的，司机没有开车。我的工作就是做事实报道，况且又不会给司机的驾驶造成什么干扰，不过是拍几张照片看看究竟发生了什么事情而已。”

“那也不行。”

“那么请您打开车门，让我下车好吗？我要拍照片。”

“因为有危险，所以不许下车。”守田的语气变得严厉起来。

“那个障碍物究竟是什么东西？”泽田问道。

“只是听巡线员报告的，具体是什么我也不知道。”

“那么列车还要停几分钟呢？”

“不知道。也许马上就可以发车了。我还有别的事情，失陪了。”

守田点头致意之后，向2号车厢走去。

由于1号车厢是禁烟车，所以，泽田和久美子来到了车门处。泽田点上一支烟，说道：

“事情有些蹊跷。”

“什么？因为他们不让进驾驶室吗？”

“规定不许外人进入驾驶室，这是无可厚非的，但刚才那个列车长很奇怪。”

“哦？”

“乘务室在7号车厢，按理说他应该在那里的，可是他竟然在这个1号车厢。”

“是不是来和司机沟通有关障碍物的事情？”

“沟通的话，打个电话就可以了。而且，咱们进到1号车厢的时候，他在检查行李架。”

“这个我没有注意到。不过，他为什么要看行李架？是找东西吗？”

“不知道。”说罢，泽田陷入了沉思。

“我忘记是几年前了，曾经有人在行李架上安放了炸弹，结果发生了连续爆炸案件。不过，那辆列车不是新干线。”

“莫非……”久美子惊讶地瞪大了眼睛。

“我也这么想。所谓障碍物之类的话恐怕全是骗人的，没准儿有人把炸弹安放在了这个列车上。不对！也许他们已经接到了安放炸弹的电话。”

“所以，刚才那位列车长才检查了行李架？”

“嗯。”

“不过，这也不对呀。”

“为什么不对？”

“即使接到了恐吓电话，也不应该把列车停在这里，而应该开到下一站的福岛让全部旅客下车之后再进行全车检查才对呀。假如不能去福岛，就应该在这里打开车门让旅客下车避难。”

“你说得有道理。”泽田也点了点头。的确，如果有爆炸危险，首先应当让旅客下车躲避。

可是，列车长为什么要检查 1 号车厢的行李架呢？泽田的心里有些疑惑不解。当他们两个人回到头等车厢时，车内的广播加深了他的疑惑。

各位旅客，如果您发现行李架上有可疑物品，请马上与我们联系！

广播重复了三遍。

“果然有事。”泽田对久美子说道。

3

另一边，宫城县警察本部的渡边警部同时收到了两个请求，请求来自因 8 月 8 日的那起案件而见过面的东京警视厅十津川警部。

十津川把 50 次“山神号”上行列车因被人安放了炸弹而停车的事情告知了渡边警部，然后说道：

“我们本想去你们那里，但是，已经没有时间了。再有三十分钟就到了罪犯给出的交付赎金的时限。唯一可以利用的东北新干线已经停止运行了，现在即便坐飞机，三十分钟也赶不过去。”

“那么，我们这边应该怎么做？”渡边问道。

听说东北新干线的列车被安放炸弹，渡边一下子紧张起来，其他刑警闻讯也围了过来。

“请你们做两件事。一个是询问一下那个拉动了‘山神号’紧急制动阀的旅客的情况。如果是他在列车上安放了炸弹，就完全可以认定他就是罪犯。因此，拜托你们问一下。”

“可是，那个旅客不是在白石藏王站已经被抓住了吗？车站方面没问出一些东西吗？”

“应该是的。但国铁的综合调度室联系了白石藏王站却没有得到一点儿消息，也许车站那边出了什么事情。”

“我马上过去。还有一个是什么事情？”

“麻烦你们去看一下停在白石藏王站南边的‘山神号’列车。罪犯威胁说只要放下一名旅客他就引爆炸弹，所以，列车员无法下车检查。”

“这么说来，从外面靠近列车也很危险吧？”

“我认为罪犯不止一个人，有人会躲在某处监视。”

“明白了。我们用直升机从空中查看。”

“如果可能的话，你们最好把从空中拍摄的照片传给我，因为我想了解一下周边的地形。”

“明白！”

挂了电话，渡边立即联系了白石警察署，命令他们派人火速赶往白石藏王站。同时，他自己带着摄影专家直奔仙台市的直升机机场，打算乘直升机过去。

由于事先打过电话说明了情况，机场已经准备好了五个座位的直升机。渡边和摄影师铃木一起坐在了直升机的后座上。

“去东北新干线白石藏王站。”渡边对驾驶员说道。

螺旋桨开始转动，直升机开始缓缓升空，头上夏季的天空一片蔚蓝。直升机升到五百米高度之后便向南飞去。

下方建造在一片水田正中央的东北新干线仙台车辆基地尽收眼底。在数条并排的错车线上，停着一辆辆有着十二节车厢的新干线列车，仿佛是精巧的模型一般。

直升机沿着东北新干线的铁道线向南飞去。很快就看到了仙台车站，越过城区又是大片大片的水田。不大一会儿就看到了水田中的白石藏王车站。为了防止雪害，建筑物都建有中央高高突起的屋顶。车站就像一座细长的避难所。

在绿色水田的环绕中，车站的白色建筑显得十分好看。

直升机继续向南，一辆停在线路上的有着十二节车厢的列车进入了视线，正是50次“山神号”。

“降低一下高度。”渡边对驾驶员说道，接着转向摄影师铃木，“能不能以列车为中心拍摄周边地形的清晰图片？”

直升机下降高度之后，围着50次“山神号”慢慢盘旋。已经可以看到把脸贴在车窗上张望飞机的旅客。

渡边拿起望远镜查看，他可以清楚地看到每一名旅客的表情，可是，每个人的脸上都没有不安和恐惧的神情，甚至还有人微笑着仰望直升机并招着手。

大概旅客们还不知道事态的严重性。

“接下来怎么办？在附近着陆吗？”驾驶员问道。

“不行，一旦着陆，罪犯可能炸毁列车。我想他大概使用的是遥控炸弹。”

“这么说，罪犯正躲在什么地方观望呢吧？当然他也能看到咱们的直升机。”

“是啊。不过罪犯目前还没有拿到赎金，在拿到赎金之前，他还不至于因为直升机靠近而炸死作为筹码的人质。不过，要是过于刺激他，说不定他会干出什么事情来。”

渡边举着望远镜拼命地观察着列车周围，心想：罪犯究竟在什么地方监视列车呢？

沐浴着盛夏阳光的水田里一个人影儿都没有。东北公路宛如一条白色的飘带从田地旁边穿过，公路上驶过的汽车对于50次“山神号”视若无睹。旧线路的东北本线铁路较之东北公路距离更远，使得“山神号”显得更加孤单。

“如果使用无线遥控，要在多远的距离内才有效？”渡边向驾驶员问道。

“我不是这方面的专家，不过，我们经常放模型飞机。因为这一带没有高楼，所以，电波可以传到很远的地方。”

“能传到五六百米的地方吗？”

“完全可以。”

听罢，渡边对摄影师说道：“铃木先生，以下方列车为中心，将半径五六百米以内的地方全部拍摄下来！”

4

白石警察署的濑川和田口两名刑警驾驶着警车向白石藏王站飞奔。

他们接到县警察本部的指示，要他们前往白石藏王站去审问那个因为拉动50次“山神号”制动阀而被抓获的旅客，从其口中问出详情。据说也许那个旅客就是安放炸弹的罪犯。

为了确保口供可以被如实记录，濑川他们还准备了录音机。

警车很快到达了白石市一侧的站前广场。站前一片寂静，只有两个大大的木偶立在那里，没有一名游客。

站前有公共汽车站和出租车站。公共汽车的时刻表是根据新干线列车到站与发车的时间制定的，此时，没有一辆车停在站里。

以藏王本地的白雪为寓意建造的三层白色车站十分漂亮，可是，这白色反而使站前显得格外冷清。

东北新干线开通当天，有几位收藏爱好者曾来此排队买票作为纪念，但是，从那以后就再也没有旅客在此乘降，以致这里被称为东北新干线的“岐阜羽岛”。大概是因为在东北新干线的所有车站中，这里是唯一没有与旧线路共用的车站，又远离东北本线的白石市，所以利用价值极低。

藏王有一个很受人喜爱的滑雪场，反倒是旧线路的东北本线离得特别近，站站停的“青叶号”也在此停车，可偏偏“山神号”不停。

濑川和田口下了警车，透过窗户只看到候车室里有四五个人，于是，二人走进了一楼大厅。

只见大厅内立着几根粗大的柱子，墙壁上贴着白色的瓷砖，极尽豪华，然而却空空荡荡，人影皆无。在一楼的特产店和卖白石拉面与盒饭的餐厅里，店员因为无所事事频频打着哈欠。

走过一楼的站务室就可以上到二楼，最后到达三楼的站台。

在一楼的售票处和检票口，挂着一块牌子，上边写着：“因新干线上下行线路发生事故，暂时停运。”站员们阴沉着脸走来走去。

濑川拦住一名站员，向他出示了警官证，让他带二人去站长室。濑川心想那名肇事的旅客应当就在站长室里，可是进门之后却发现没有可疑之人。

“我们想审问50次‘山神号’上行列车的肇事者，听说他在你们这里。”

听到濑川的问话，小个子站长一脸困惑地答道：“没有这个人。”

“怎么会没有？”

“之前电话线被人掐断了，跟哪里都联系不上，刚刚才修好。”

“这就奇怪了。”这回轮到濑川感到困惑了。

“怎么说好呢，”站长停顿了一下，轻轻地叹了一口气，“当时上行列车的站台被人控制了。”

“被人控制是什么意思？站台被劫持了？”

“上午9点40分左右，综合调度室打来电话，让驶往仙台的50次‘山神号’列车暂时停在本站检查。通常情况下，‘山神号’经过这里是不停车的，可是，我们还是派了两个站员到上行列车的站台去协助检查。”

“后来呢？”

“后来‘山神号’开进了错车线，十二三分钟之后就开走了。可是，去站台的那两个站员却半天没有回来。”

“是不是下一趟列车进站了呢？即使‘山神号’不停车，‘青叶号’不是也在这里停车吗？”

“下一趟202次‘青叶号’列车是10点34分从本站发车，所以提前两分钟到达本站，也就是10点32分到达，这中间有四十分钟的时间。”

“有道理。”

“我正觉得奇怪，却看到有五名旅客下楼来了。”

“旅客？‘山神号’是临时停车的，不应该让旅客下车啊？！”

“按说不应该。”

“那五名旅客，他们是打算乘坐下一趟202次‘青叶号’列车才去站台的吗？提前四十分钟就进站台候车，实在莫名其妙。站台上很热的吧？”

“出于安全考虑，列车到站十五分钟之前我们是不会打开检票口的。”

“那五名旅客呢？”

“他们说是乘坐6点40分从仙台始发的‘青叶号’列车来到白石藏王站的，在这里下车是为了与从这里上车的朋友见面。还说站台上有候车室，他们进到里边等了一段时间，等得有些不耐烦，想到站外去走走。因为他们手里有从仙台到大宫的车票和特快票，所以就让他们过了检票口。”

“我们接到东京方面的电话，说有一名旅客在50次‘山神号’列车上拉动了紧急制动阀，导致列车停在了白石藏王站，他们把那名肇事的旅客交给了你们这里的工作人员。所以，命我们找那名旅客查问肇事经过。”

“听我一步一步说。那五名旅客出了检票口以后，我们那两名站员却没有回来，于是副站长矢崎就上楼去看了看。矢崎君……”站长说着，把矢崎叫了过来，“你说一下你看到的情况。”

“当时我去了楼上的站台。”矢崎的神情很紧张，“起初我还以为站台上没有人呢，可是，等我走到候车室一看，看到有三名工作人员倒在了地上。其中两个人是刚才上楼来查看情况的，另一个是平时就在那里工作的站台值班员。我吓了一跳，就去喊他们，可是三个人已经昏迷了，好像是被人用氯仿给麻醉了。于是我把他们抬到了站务室并叫了救护车。”

“那么，去站台接‘山神号’列车的站员究竟是哪个人呢？”

“只能是刚从检票口出去的那五名旅客。”矢崎说罢，咂了咂嘴。

“带我们去站台！”

5

在矢崎的带领下，濑川和田口二人乘坐扶梯来到了三楼的上行线站台。

上楼专用的扶梯是节能的感应电梯，如果没人乘坐就会自动停止。看来国铁方面早就知道这里的旅客少，因此只安装了两部电梯，这在东北新干线的车站里属于数量最少的。

空无一人的站台有一股阴森的感觉。

对面的下行列车站台上也一样人影皆无。

站台中间的候车室是落地的玻璃门窗，不过，因为靠近地面的部分是磨砂面的，所以，如果有人被麻醉在地，从外边是看不到的。

大概那五个人是在这间候车室里换上了事先准备好的工作服，然后泰然自若地出来迎接临时停车的“山神号”的。不，不是五个，是四个人。多出来的那个人就是在列车上拉动制动阀的肇事者，他应该也是同伙，而且伙同那四个人一起逃走了。

濑川对矢崎讲了自己的推断，矢崎用力地点了点头，说道：“我也这么认为。那么，破坏了电话线造成信号不通的应该也是他们。可是，不知道他们干这种事的目的是什么。他们派一个人去拉‘山神号’列车的制动阀，而且计划好在白石藏王附近下手，其他四人化装成站员事先在这里等候，等到列车临时停车，再装作抓捕那个同伙，然后一起逃走。那他们为什么要干这种事呢？”

“这可不是简单的肇事案件。”

“那是什么？”

“这要问一下东京综合调度室那边的情况。电话修好了吗？”

“当时站长立即就联系了东京的综合调度室，把这里的情况做了简要说明。现在，综合调度室正忙着和停在前边的‘山神号’沟通。”

“你记得在这里下车的那五个人的长相吗？”

“我当时离得远，也许检票员会记得。”

“我要问一问他。”

“我去叫他过来。”矢崎轻松地说着就下楼去了。

“看来这个上行列车的站台被那五个人控制了十五六分钟，这一点是确切无疑的了。”濑川对田口说道。

“如果确实用的氯仿，那麻醉几个没有防备的站员也不是难事。到站台上来可以走楼梯也可以坐扶梯，而扶梯是感应电梯，如果没人乘坐就不会动，所以，化装成站员的那几个家伙知道只要扶梯不动就没人上来。”

田口说着耸了耸肩。这时，停止的扶梯又动了起来，矢崎副站长带着一名二十七八岁的高个子站员上到站台来，并介绍说这就是检票员野村。

“你还记得那五个人吗？”田口问道。

“我记得。那五个人都是三十岁左右，拎着一个挺大的手提箱。”野村回答道。

也许手提箱里装着站员工作服，当然，工作服不是真的，而是伪造的。

“车站的电话一度不通，也是他们干的吗？”

“除了他们没有别人。”

“可是，那五个人不是很快就从检票口出去了吗？”

“不，他们在二楼停留了五六分钟，我估计是在那儿对电话配线盘做了手脚，因为在二楼的一端有一个通信设备室。”

“你说的动手脚是什么意思？”

“他们刚走出检票口，我就听配线盘‘砰’的一声爆炸了，爆炸的威力不大，然后电话就断了。”

“你看到有五个人，是吧？”

“嗯，全都是男的。”

“男的，三十岁左右，拎着手提箱。关于这五个人，你还记得别的情况吗？”

“着装都不一样，有穿着笔挺的西服的，还有穿T恤衫配棉布裤子、上身披着运动服的。”

“他们有从仙台到大宫的车票？”

“有的。”检票员野村点了点头。

“全都是计划好了的啊。”濑川自言自语道。

濑川与田口两人朝着去东京方向的站台尽头走去。在笔直的铁轨的远处，可以看到50次“山神号”列车。

停在铁路上纹丝不动的新干线列车完全没有了疾驰时的风采，此时显得无依无靠。

濑川返回站台，用候车室旁边的一台公用电话给警察署打了电话，通报了白石藏王站曾一度被人控制的情况。

6

中午11点45分，国铁总公司总裁办公室的电话铃声响了起来。

待十津川按下了录音键，松尾副总裁拿起了话筒。

“钱准备好了吗？”听筒里立即传来一个男人的声音。

松尾看了一眼放在地上的两个手提箱，说道：“准备好了。分别装在了两个手提箱里。按照你的要求，两箱一共一亿两千六百万日元。”

“你们没有玩什么小把戏吧？”

“小把戏？”

“你们有没有报警？有没有记录钞票号码？手提箱上有没有安装无线发射器什么的？”

“当然没有，因为事关几百名旅客的生命。”

“那就好，别忘了，我可以随时引爆‘山神号’列车的。”

“我们交付了赎金之后应该怎么办？”

“我会告诉你炸弹安在了什么地方，然后我们就消失，然后‘山神号’上的旅客就可以自由地下车了。”

“你说话算数吗？”

“只要你们不要小把戏！”

“下一步怎么办？”

“你叫什么？”

“我是副总裁松尾。”

“松尾先生啊，你把钱给我们拿来。”

“两个提包，我一个人拿不了。”

“那就让第一次接电话那个人一起来，我记得他叫北野，是秘书。”

“好吧。”

“告诉你，我知道你和北野秘书的长相，假如你们用警察冒充我马上就能识破。如果你们敢这么干，敢欺骗我，代价就是‘山神号’被炸毁！列车爆炸，旅客伤亡，这对东北新干线的打击不小吧？你们要好好想想应该怎么办！”

“好的，我和北野一起带钱过去。怎么交货呢？”

“北野秘书会开车吧？”

“那又怎么样？”说罢，松尾看向北野，北野默默点了点头。

“他会开车。”

“那就好办了。我在国铁总公司门前准备好了车，你们就开那辆车来，要让北野开车。那台车是黑色的尼桑总统牌轿车，号牌是品川 ××××，车里有车载电话。你们现在就上车！”

“是品川 ×××× 吗？”

“对。如果有北野以外的人上车，那我们的交易就立刻中止！你们上车以后，再听我的指令，先朝大宫方向开！”

罪犯说罢就挂断了电话。

7

“我们怎么办？”松尾看着十津川问道。

“先按照罪犯说的做。如果可能，我想让龟井也坐上车，可是……”

听十津川这么一说，松尾用力地摇着头说：“这可不行，罪犯说了他知道我和北野的长相，如果他发现车上还有别人，就会停止交易，换句话说，他就会引爆‘山神号’列车，这关乎旅客的生命，千万不能冒险啊！”

“好吧。那我们准备一辆民用牌照的警车在后边跟踪。”

“不会被罪犯发现吗？”

“我们是职业警察，我保证不会被他察觉，也不会贸然行事的。”

十津川与松尾讲完之后，又转向龟井道：“西本已经把车开来了，你和他跟踪松尾的车。”

“那你呢？”

“我回警视厅，大概宫城县警方已经把‘山神号’的照片传过来了。”说罢，十津川先行离去。

龟井下了楼梯来到外面，向停在国铁总公司大门旁边的警车走去。西本在驾驶室为他打开了车门。

“我看见十津川警部刚才出来了。”

“先不说这些。咱们跟踪前边那辆黑色尼桑总统牌轿车。国铁副总裁和北野秘书带着赎金在那辆车上。”

“要去哪儿？”

“罪犯说先去大宫，因为那辆车上有车载电话，到时候再听他的指挥。”

“出来了。”西本低声说道。

松尾和北野每人提着一个大手提箱走了出来。不大工夫他们就找到了那辆黑色的尼桑轿车，然后钻了进去。北野发动车辆驱车上了路。

西本也发动了警车。龟井坐在副驾驶的位置上，拿起车载电话呼叫警视厅的指挥室。

“你们查一下这辆汽车的车主：黑色尼桑总统牌轿车，车牌号码是品川 ××××。顺便再查一下该车的车载电话号码，查到之后立刻告诉我。”

“明白。”

现在还不到中午 12 点，道路并不拥堵。前面的尼桑轿车以极快的速度行驶着。

“别跟得太近。咱们的手里可掌握着九百来人的性命啊。”

“好像前车里边的人在打电话，后排座上的人正在接听。”

“大概是罪犯在下达命令。”亀井自言自语道。

正在这时，无线电话响了。亀井拿起了听筒。

“你要求查找的车主姓名找到了。”

“是什么人？”

“立野由太郎，今年七十二岁。”

“立野由太郎？不是那个财界大佬吗？”

“就是他。还有，今天早上这辆车报失了。”

“难道是偷来的车？”

“现在怎么办？”西本问道。

亀井刑警放下听筒后说道：“见机行事吧。”

8

前行的尼桑轿车向新宿方向行驶，到了四谷三丁目后左转来到涩谷，接着向南，穿过目黑，然后又驶过品川、浜松町、东京站，最后回到了出发地点。

“对方在绕圈子。”西本一边开车一边咂了咂嘴。

“大概罪犯在试探，看看是不是有警察在跟踪。”

“咱们该怎么办？”

“换一辆车。”

龟井打电话要求另派一辆车来。

这时候，尼桑轿车向池袋方向驶去。

龟井他们在中途换了另一辆车，而且超过了尼桑。尼桑轿车来到池袋后，画了一个圈又返回了东京。

时间已经过了下午2点。在大手町，龟井他们的警车再次跟上了尼桑。

“罪犯相当谨慎啊。”西本说道。

“那可是一亿多日元的巨款啊，他们当然不敢大意。”

“不过他们也很有耐心啊。”

“是啊。”

“又向反方向开了。”

“问题是在这段时间里东北新干线的列车都停运了，50次‘山神号’上的旅客滞留在车里。罪犯随时可能通过无线遥控引爆炸弹。”

“如果能抓住操纵遥控器的家伙，问题不就解决了吗？”

“要是能知道他在哪儿就好了。”

松尾副总裁乘坐的尼桑轿车又驶向了千住，跨过荒川进入了足立区，接着又驶过了荒川泄洪渠上的千住新桥。

正在这时，突然从身后传来尖锐的警笛声，警车车顶的红灯闪亮着，转眼就超过了亀井他们的车，追上了前边的尼桑。

副驾驶座位上的警官伸出手，示意尼桑轿车靠边停下。

“坏了！”亀井咂了一下嘴。

“怎么回事？是不是发现那辆车是偷来的，所以让他们停车？”

“观察一下再说。停车！”

“要不我们下车过去跟交警解释一下？”

“罪犯肯定躲在什么地方看着呢，我们一过去，他就会发现被警察跟踪了。”

亀井他们在十米开外的地方停下车，观察着前方的情况。从警车上下来两名警察，一人转到尼桑轿车后方查看车牌号码，另一人让驾驶员摇下车窗，对驾驶员北野说着什么。

“果然是因为被盗车辆才让他们停下来的。”西本缩了缩脖子说道。

这时，突然一辆大型卡车冲过来停在两车之间，巨大的车身挡在了亀井他们的警车前方，遮挡住了前面的尼桑轿车。

“混蛋！”西本骂了一声。

此时，一名男子从卡车上跳下来跑到了路边，从他双手捂在身前的动作来看似乎在小便。五六分钟之后，那人又跑回来，向亀井他们举了举手便回到了卡车上。排气管排出一股浓烟，卡车扬长而去。

被遮挡的视野一下子又豁然开朗，他们发现尼桑轿车还在，但警车却不见了。

“差一点儿跟丢了。”西本释然。

“或许警察了解完情况就走了。”龟井说完，突然脸色一变，“不对！”

“什么不对？”

“前车后窗的窗帘拉上了，看不到车内的情况了！”

“是罪犯命令他们拉上的吧？”

“是警察询问的时候拉上的，还是警车走了之后拉上的？警车已经走了，他们为什么还不动？奇怪。”

说罢，龟井打开车门下车跑到尼桑轿车的旁边。他从副驾驶的车窗向里面张望，只见松尾副总裁倒在后排，秘书北野倒在驾驶室里。

第七章

土堡隧道

館トンネル

1

十津川把宫城县警察本部传真过来的照片摆在桌上仔细地看着。一共有近三十张照片，全部都是从空中拍摄的。

十津川拿起旁边的电话拨通了宫城县警察本部搜查一课，让在空中观察过“山神号”列车的渡边警部接电话。为了便于边接听电话边看照片，他戴上了耳机。

“‘山神号’列车停车的地方四周都是水田吗？”十津川一边看着照片一边问道。

“是的。大概是因为天气太热，直升机在上空盘旋的时候，田里看不到一个农民的影子。”

“我看见有几处农户。最近的农户距离新干线的铁道有多远？”

“有的农户距离一百米左右。”

“从那里可以很容易遥控炸弹吧？据说如果中间没有障碍物的话，距离五百米也能遥控起爆装置的。”

“可是，隔音墙的高度有一米五，又是铁制的，电波是穿不透的。”

“是啊，有隔音墙。我在处理8月8日那起案件时也看见过。车窗下边的窗沿差不多跟隔音墙一般高吧？如果炸弹的位置低于那个高度，在农户家里就难以引爆吧？”

“是啊。我们调查过白石藏王站，结果正像刚才所说的那样，上行列车的站台曾一度被人控制，有四名化装成站员的男子和在‘山神号’列车上肇事的旅客一起从检票口逃走了。问题就在于那名肇事者的作用，当然，可以认定就是这名肇事者在车内安放了炸弹。”

“可是，根据‘山神号’列车给东京综合调度室的反馈，他们对车内进行了检查，并没有发现炸弹，而且列车长也说厕所里和行李架上都没有可疑物品。”

“那么，那个人的任务究竟是什么呢？”

“我也不知道。”十津川说着又将目光落在航拍照片上，“‘山神号’列车现在停车位置的南侧不远处不是有一个小隧道吗？”

“嗯，是土堡隧道。”

“从照片上来看，那个隧道相当小啊。”

“长度只有五十米。”

“有什么必要掘一条这么短的隧道？一般情况下，遇到这么小的山，通常会削平山头铺设铁路吧？”

“因为土堡。山上有一个土堡，据说是战国时代[①]修建的。出于保护遗址的考虑，所以没有采取掘开作业的方法，而是挖掘了这条长度仅有五十米的隧道。”渡边回答道。

从照片上看，这个被郁郁葱葱的树木覆盖着的小山倒是有几分战国时代遗址的样子。

隧道仅从小山的一端穿过，也仅有隧道上方的树木被砍掉了一些并设置了栅栏。在它的前方便是全长超过一万米的藏王隧道。

“看上去这个土堡隧道与‘山神号’停车的位置是在一条直线上。”

“是啊，在一条直线上。”

“距离有多远？”

“至多有三百米吧。”

“如果劫匪藏在这个隧道上方，不就可以用无线遥控引爆炸弹了吗？”

“是啊，中间一点儿障碍物都没有。可是，当时我们下降直升机查看了隧道上方，没看到有人活动的迹象。不过我们查看的只是树木被砍伐的地方。”

“也许是藏在树木茂密的地方了吧？”

---

① 日本的战国时代一般指室町幕府后期到安土桃山时代政局纷乱、群雄割据的时期，始于1467年应仁之乱，但结束时间较有争议，有1568年、1573年、1590年、1603年等说法。

“我觉得有这个可能。”

“劫匪警告说，如果有一名旅客下车或者有人靠近‘山神号’列车，他就引爆炸弹。这样说来，从他所在的位置是可以清楚地看到列车的。那么，从你们拍摄的照片上看，除了土堡隧道的上方没有其他地方可供藏身了。”

“我马上派白石警察署的人前去调查。隧道不过五十米，但整座山的面积很大，加之要到林中去搜查，工作量可不小哇。”

“从照片上看的确是的。”

“好在已经先通知了白石警察署，十五六分钟之后刑警们就该到土堡隧道了。”

2

“山神号”列车上旅客的不满情绪终于爆发了。列车长守田立刻把情况向东京综合调度室做了报告。

“一味解释成正在排除障碍物，已经无法安抚旅客了。”守田用疲惫的声音对综合调度室的小坂井讲道。

旅客蜂拥到7号车厢的乘务室，守田已经疲于应付。

“可是，一旦向旅客说明列车上被人安放了爆炸物，那可就真的乱套了吧？”小坂井说道。

其他列车已经开始启动，只是都避开了福岛与仙台之间停运的线路。如果在所有列车上都引发旅客的不满，那后果将是相当严重的。

“可是，乘务员们彻底检查了1号到12号车厢，没有发现任何爆炸物。厕所和车门也都检查过了，也没有可疑的物品。罪犯这不明摆着是在恐吓我们吗？”

“旅客的行李没有全部检查吧？”

“今天列车满员，如果逐一检查的话，会花很长时间，而且，要想检查旅客的行李也必须给旅客合理的解释。”

“那么，爆炸物有没有可能就藏在旅客行李里呢？”

“不，我觉得不会。”守田语气坚定地说道。

“为什么？你为什么这么肯定？”

“行李架上的行李都有主人。也就是说，如果有炸弹的话，一旦发生爆炸，罪犯自己也会被炸飞，所以，我不认为他会干这种蠢事。”

“我倒是希望那样，可是你说过那个打你的旅客已经在白石藏王站下车了。”

“我们已经把他移交给白石藏王站的工作人员了。”

“不过我听说白石藏王上行列车站台一度被人劫持，劫匪和那名旅客逃跑了。要是那样的话，也许其中一个罪犯已经把爆炸物悄悄放进无辜旅客的行李里了，这样我们就不能断言车内没有爆炸物。”

“罪犯的目的不是为了钱吗？事情怎么样了？”

“不论是国铁总公司还是警方都没有消息。”

“可是，刚才说了，我们已经无法控制旅客了。许多人是要去东京上班的，如果耽误了行程，他们会群起抗议的。”

“要不在广播里播放东北民谣，平复一下旅客的情绪？”

“我们已经播放了。”守田列车长气哼哼地说道，“而且我们在反复播放。不过，一直这样下去的话，旅客反而会焦虑不安的，说不定有的人就会打开安全门下到铁道上去。”

“如果说出真相，你有信心安抚旅客吗？”

“这我可不知道，但是，我知道就这样下去是不行的。”

“那就等一等吧。”

“你打算怎么办？”

“就在刚才，警方的人来了，我跟他们商量一下。”

“要问清罪犯的情况。”守田道。

这时，一个中年男子的声音盖过了小坂井的声音。

“我是警视厅搜查一课的十津川。”

“罪犯怎么样了？还没有抓到吗？”

“很遗憾，还没有抓到。”

“我听说他们索要旅客的赎金，事情怎么样了？”

“据刚刚得到的消息，我想罪犯们应该拿到钱了。”

“那么说，可以发车了？”

“现在还不行。”

“为什么？既然罪犯已经达到了目的，就不会炸毁列车了吧？”

“一来还没有确凿证据证明赎金已经交到罪犯手中，二来罪犯一旦得到了钱，或许还要乘势提出新的要求。”

“这些混蛋！”

“这是常有的事情。为安全起见，在弄清罪犯究竟把炸弹放在了列车的哪个地方之前，还是不要发车为好。”

“那么，我们还要忍到什么时候？”守田满脸疲惫地问道。

“直到确认安全为止。我们会全力以赴解决的。”

“我可以告诉旅客真相吗？”

“可以，不过顺便也要告诉旅客，事情快要解决了，请大家放心。另外，按说财界人士立野由太郎应该在头等车厢里的，我们打算用车载电话联系他，可是却怎么也打不通。”

“是的，9号车厢的电话已经排上队了，有的打给家人，有的打给单位，都在抢电话。”

“那么，可不可以让他接听这部电话，关于这个案子我有话要问他。”

3

守田列车长喝了一口水，清了清嗓子，然后转向车内广播的麦克风，由于紧张，他的面色有些苍白。

我是列车长守田，现在向大家通报一个情况。有人在本次列车上安放了炸弹，而且罪犯警告，如果列车稍微开动或者哪怕仅有一名旅客下车，他就将引爆炸弹。先前的爆炸就是罪犯发出的警告。罪犯提出了赎金要求，根据警方的通知，事件已临近解决，所以，请各位旅客少安毋躁，在车内等待。

说完，守田关上了麦克风的开关，擦了擦额头上冒出的冷汗。

在乘务室所在的7号车厢里，立时充满了旅客们发出的骚动之声。

如果守田现在出去，大概马上就会被旅客包围并质问，身子动弹不得，寸步难行。因此，他无法出去叫立野由太郎，便决定使用麦克风呼叫，于是他再一次打开了开关。

立野由太郎先生，如果您听到广播，请立刻到7号车厢的乘务室来。立野由太郎先生……

听到有人敲门，守田关上麦克风，然后打开了门。只见一个三十岁左右的男子，一脸严肃地站在门口。

“您是立野由太郎先生吗？”

“不，我是他的秘书落合，有什么事吗？”男子面无表情地问道。

“关于刚才广播里提到的事情，警察说有话要问立野先生。那部无线电话连接的是警视厅的刑警，你直接问他吧。”

“我们社长不可能跟这类事情有关。”

“有道理，但是警察有话要问。”

“问话之前能不能解决一下9号车厢电话的问题，我们社长必须与东京的总公司联系，现在却根本打不了电话。”

“大家都想打电话啊。”

“可是，重要程度不一样。”落合怒吼道。

“重要程度？”

“是的，我们公司——仅仅是总公司，一年的销售额就是一千亿元，平均一天就是两亿七千万元，一小时就是一千一百多万元。一个小时联系不上总公司就等于一千万元的买卖告吹了。无法与总公司联系，后果相当严重，这一点请你理解。”

“明白，可是我实在束手无策，不管怎么说，请您先接听一下这个电话。”守田再次催促道。

落合气哼哼地接了电话。

“我是立田社长的秘书，叫落合。”

“我是警视厅搜查一课的十津川。事件你听说了吧？”

“刚刚在车内广播中听说了。我们社长对国铁的恶劣态度很是气愤，而且他跟这个事件不可能有什么关系。”

“黑色尼桑总统牌轿车，车牌号码是品川××××，是立野的车吧？”

“嗯，要是这个车牌号的话，那是我们社长的车，有时我也开，有什么问题吗？”

“这次事件的罪犯开的就是这台车。”

“你说什么？”

“罪犯取赎金时开了这台车。”

“那样的话，车就是罪犯偷去的，此外没有别的可能。”

“你知道是什么时候被偷走的吗？”

“我们昨天坐新干线去了仙台。当天早上，我开车把社长从大田区的家里拉到东京八重洲站口的总公司，社长说去仙台还是坐电车好，于是我把车子停在了总公司前边的停车场。”

“你是不是没有拔掉车钥匙？”

“不可能，我不会那样马虎的，钥匙现在就在我这里。”

“你们昨天离开公司是几点钟？”

“我记得是上午10点左右。我们打出租车去的上野，接着乘坐‘接力号’到了大宫，在中午11点15分坐上了15次‘山神号’。”

“那么说，从昨天上午10点以后，那台轿车就放在了公司前边的停车场？”

“是的。”

“到了仙台的立野知道车子被盗了吗？”

“不，社长应该还不知道。”

“我们给立野家里打过电话，他的家人也不知道，而且，警察也没有接到公司那边的报案。”

“我们的车现在怎么样了？”

“不过我们现在接到了报案，是在今天，以立野由太郎的名义。”

“怎么会有这种荒唐事？车子被偷的事情我是在和你通话的过程中才知道的，我们社长也不可能早知道。”

“你确定？”

“当然确定。另外，我想向警察转达一下我们社长的话。”

“什么话？”

“听到车内广播有炸弹的消息时，我们社长是这么说的：虽然不知道罪犯以旅客为人质勒索赎金的数额，不过，要是一两个亿的话，就由立野兴业公司来出。我请你把这话转告国铁总裁和警方负责人。如果需要的话，可以给我们东京总公司财务打电话，转告社长的指示就能提款。”

“谢谢好意，不过这种事情由警察来解决。”

“能行吗？”落合带着嘲笑的语气说道，“这趟列车已经停车四个多小时了，不是还没有找到一点儿线索吗？找到罪犯的踪迹了吗？再过几个小时，不，再过几分钟列车才能启动？我们才能下车？”

“那还不清楚，现在可以告诉你的，就是我们正在尽力而为。”

“简直就像政治家的口气，如果用钱的话请跟我们联系，我们社长随时欣然合作。”

4

在头等车厢里，十九岁的歌手岛崎顺子在听到车内广播的瞬间就哭了起来。

“我理解她的心情。”久美子对丈夫泽田说道。

“其实我也想哭。”

“听说罪犯在车上安放炸弹了，这个头等车厢里就少了一个人。”泽田环顾着车厢说道。

“我想起来了，是一个三十岁左右的男的，他是被列车长带走的。”

“完全可以相信，就是那个人安放的炸弹。”

“我记得他是坐在那个位置上的。”久美子指了指最边上角落里的座位，那是1号A座。

泽田和久美子一起走到那个座位。在1号A座旁边的B座上坐着一位七十岁左右的老太婆，她是从仙台去东京的儿子家串门的。

“劳驾，问您一下旁边座位旅客的情况。他走时没在货架上留下手提行李之类的东西吗？”泽田向老人打听道。

“没有，刚才乘务员来看过，那上边只有我的东西。”

“是那个行李箱吗？”

“嗯。”

“是您自己放上去的吗？那箱子可够大的。”

“是那个人帮我放上去的。”

“那个人就是您旁边那位吗？”

“嗯，他可是个热心肠。”

“您的箱子上锁了吗？”

“上什么锁呀，里边又没有钱。”

“里边装的是什么？”

“是给我儿子他们两口子带的土产，全是些什么竹叶鱼糕啦，玩偶啦之类的东西。”

“我可以看看吗？”

“为什么要给你看？”老太婆立即警觉地盯着泽田。

泽田无奈，让久美子去叫乘务员过来。久美子很快把脸色苍白的守田列车长带了过来，泽田把老太婆的行李箱从货架上取了下来，问道：“这个行李箱检查过吗？”

“没有，因为是这位老人的东西，所以我们没有检查。”

“事情是这样的，据这位老人说，行李是那个被你带走交给白石藏王站的人帮忙放上去的。”

“真的吗？”守田问老人。

老太婆微笑着回答道："是的，他很热心帮我举上去的。"

"这位老人还说箱子没有上锁，有没有可能罪犯在里边放了炸弹？因为是有主儿的行李，没人会重新检查。"

"有道理，可以这么推测。我们可以打开箱子看一下吗？"守田问老太婆。

"可以，不过里边全是给我儿子的土产。"

"要是那样的话就最好了。"

说罢，为安全起见，守田将行李箱拎到了头等车厢的车门处。泽田与久美子紧随其后，久美子不停地按动着相机的快门。

"如此检查旅客的箱子，心里真有些别扭。"守田边说边打开了箱子。

正如老太婆所说，箱子里装的是竹叶鱼糕和玩偶之类的东西，可是，此外还有一个茶色的纸包，上边印着仙台一家超市的名字。

"去把老妇人叫过来。"泽田对久美子说道。

"有什么疑点吗？"守田问泽田。

"特意去看儿子一家，怎么会在超市买东西做礼物呢？而且只装在了纸袋里边。"

正说着，久美子已经将老人带了过来。

"这个纸包是您的吗？"

"不是，我不知道是什么东西，这东西怎么会在我的箱子里？"

“一定是什么人放的。”守田铁青着脸说道，眼睛紧盯着那个纸包。

那个纸包有橄榄球大小，足可以装上五六颗黄色炸药[①]炸弹。

“是炸弹吗？”守田小声地问泽田。

“不好说。”

“是一动就会爆炸的那种吗？”

“不会吧，罪犯是把它塞进去又放到货架上去的，如果一动就爆炸的话，那时就该炸了。”

“言之有理，不过还是叫警察来吧。”

“要是平时还可以，可是罪犯警告过了，说一旦有人靠近或有旅客下车就会引爆炸弹。反正不能叫警察来，咱们还是看一下里边装着什么，如果是炸弹的话，那就得求专家来解决。”

“是啊。”守田点着头，依然脸色发青。他口干舌燥，若是在平时他会跑开的，可是眼下他明白，将近九百名旅客的性命正压在他一人肩上。尽管如此，他嘴上还是不停地抱怨着，用双手将那个纸包轻轻地拿了起来。

“怎么这么轻？”

“给我看看。”泽田也将纸包拿在手里，确实不是炸弹该有的分量。

---

① 黄色炸药，一般指TNT炸药，是一种烈性炸药，多为黄色晶体。

“我觉得有些不对劲。”说罢，泽田将纸包放在地上打开来，发现里边有四个面包卷、奶酪和盒装牛奶。

“简直是胡闹！”守田松了一口气，缓解了紧张感的同时却有些愤愤然。

泽田出于记者的本能，一直盯着纸袋里的东西，对守田说道：“如果那个人就是罪犯的话，这些东西或许有参考价值，还是先收起来为好。”

“这些东西会有什么用处？”

“起码说明这个人喜欢吃奶酪。”

“可是，炸弹究竟放在哪里了呢？”久美子环顾着四周说道。

5

白石警察署的濑川与田口两名刑警赶到了土堡隧道，准确地说，应该是到了土堡遗址，或者说是到了不足五十米高的小山丘。整个山丘被茂密的树林所掩盖，从对面是看不到隧道的。

濑川和田口二人跟五名穿制服的警察一起登上了山丘。这里是县里指定的遗迹，虽然他们是办理了所有手续才被允许登山的，但是依然需要小心谨慎地攀登。

头上是茂密的枝条，遮蔽得密不透风，使人感到闷热难耐。再有，如果罪犯就在山顶上控制着引爆器，当发现警察正在靠近，恐怕就会引爆炸弹。若果然如此，非但没法解决事件，反而会造成几百人的伤亡，因此，一定要神不知鬼不觉地将罪犯逮捕。

虽然有维护用的阶梯，可是走阶梯就会完全暴露，因此警察只能走在没有道路的山坡上，蹑手蹑脚、悄无声息地向山顶行进。他们小心谨慎地不踩踏落叶和枯枝，避开各种能够发出声音的东西。说话也是危险的，他们屏住呼吸，轻手轻脚，缓缓地向前移动。登上仅仅五十米高的山丘，他们竟然用了将近三十分钟。

从山顶上看，隧道位于对面的山脚下。濑川他们形成一个大大的扇形向隧道靠近。隧道上方的树木被砍光了，因此在那里没有人的踪影。濑川他们到了隧道上方，果然没有遇到任何人。濑川和田口站在隧道正上方，眺望着停在三百米外的50次“山神号”列车。即使不用望远镜，从这个位置也可以清楚地直接看到驾驶室的驾驶员。

“我觉得好像只有这个位置最合适。”

正当濑川对田口讲话时，一名警察尖声喊道：“濑川刑警，请到这边来！”

“好大的嗓门儿。”濑川皱着眉头和田口一起向那名警察的方向走去。

“干吗大呼小叫的？”

年轻警察指着地面道：“您看这个。”

在偏离隧道正上方一点儿的地方，上面是高树繁茂的枝杈，地面上的草丛被压倒一片，地上散乱地丢着数个烟蒂。

“昨天晚上，这里下了相当大的雨，可是这些烟蒂却没有被打湿，说明这是新的烟蒂。”年轻警察激动地说道。

烟蒂全是柔和七星牌的香烟，毫无疑问，确实有人曾在此停留过。

“藏在这里也能清楚地看到50次‘山神号’哟。”田口说道。

因为此处远离遗址，因此可以断定不是参观遗址的游客所为，而且，从地面上烟蒂的数量来看，该人应该在这里停留了至少两三个小时。此外，他在这里也不是为了拍摄新干线列车的。东北新干线开通之后，杂志上曾刊文说明过哪个地点是摆放相机的最佳位置，濑川还记得文章中提到过土堡隧道的名字。然而，如果是为了拍照而来到这里，显然被砍去树木的隧道上方视野更好。

“是罪犯的可能性很大。”濑川说道。

“不过，没有证据啊。要是落下控制器之类的东西就好了。”田口说道。

濑川笑道：“罪犯也不会那么傻的。”

“带上这些烟蒂，咱们回去吧。”田口说道。

6

昏迷在尼桑总统牌轿车里的松尾副总裁和北野秘书已经被救护车迅速送到了附近的医院。只有西本刑警去了医院，亀井则回到警视厅去汇报情况。这时，去国铁总公司的十津川也回来了。

“彻底被他们要了，非常抱歉。”亀井惭愧地对十津川说道。

十津川拍着亀井的肩膀表示安慰，然后问道：“松尾他们的情况怎么样？”

“好像是被氯仿麻醉了，不过没有生命危险，很快就会醒过来的。”

“那就好。”

“没有识破那辆假警车是我的错。还有，半道插进来的大卡车肯定也是罪犯的同伙。”

“大概是吧。因为我们先入为主地认为尼桑总统牌轿车是被人偷盗的，所以即使把假警车当成了真的也不奇怪，说实话，当时我也当真了。”

“车主立野由太郎对盗车一事是怎么说的？”

“有意思的是，立野和他的秘书就在出事的 50 次‘山神号’列车上。”

“真的吗？”龟井吃惊地睁圆了眼睛。

“我给立野的公司打了电话，打算问一下他们的日程安排，结果得知立野他们在那趟列车上。我从综合调度室打通了 50 次‘山神号’列车的无线电话，电话是立野的秘书接的，他说车是昨天上午 10 点以后被偷走的。”

“连钥匙都没有拔掉，他可真够马虎的。”

“不，秘书说车钥匙在他身上。”

“可是，钥匙明明就插在车上，所以北野上车就开走了。”

“立野的秘书倒也不像在说谎。”

“那到底是怎么回事呢？”龟井一筹莫展地摇着头。

“或者是罪犯配好了钥匙，一直带在身上，或者是在发动机上做了手脚，偷车之后配了钥匙。不过我认为罪犯还是事先配了钥匙。”

“你是说之前他们就偷过那台车？”

“不，只偷钥匙就可以了。罪犯偷走钥匙去配制，然后再将钥匙送回原处。”

“他们为什么要这么大费周折？”

“我觉得包括收取赎金的过程在内，这整个案子一定是经过了周密的策划。所以，那台车也是提前计划好了的。罪犯知道立野将于 8 月 19 日、20 日去仙台出差，于是早就确定好使用他的车，当然，一旦不能得手，他们就会使用别的车。”

“这么说，罪犯认识立野由太郎？”

“也许吧。还有，立野的家人和公司都没有因为丢车向警察报案。”

“那是什么人报的案呢？莫非……”

“我也在想这个问题，罪犯以立野由太郎的名义报了案，让你们先入为主地认为车辆被盗，这样你们才会把那台假警车当成真的。”

“有道理，警车和车上下来的警察很像是真的。罪犯的手段真高明哟。”

“他们是怎样搞到警车和警察制服的呢？”

“电影制片厂就会有的。”

“大概是从那里偷的。”十津川刚说完这句话，电话铃声就响起来了。

7

电话是宫城县警察本部的渡边警部打过来的。

“刚刚从搜查土堡隧道的刑警那里得到消息，虽然隧道上方没有人，但听说发现了有人逗留过的痕迹，是二十六个柔和七星牌香烟的烟蒂。”

“那可是一盒多啊。”

“是的。烟嘴上面没有口红印，应该是男的。经过唾液检验，该人是B型血。”

“从丢烟蒂的地方能看清50次‘山神号’吗？”

“据说看得非常清楚。”

“很有可能就是罪犯。”

“我也这么认为，但是还没有证据。我觉得除了这土堡隧道上方再没有别的地方能完全看清50次‘山神号’了。”

“还有一点，50次‘山神号’的列车长跟综合调度室联系时说车厢内没有发现爆炸物，还说那个使列车紧急制动的旅客在车内留下的东西有面包卷、奶酪和牛奶。”

“面包卷、奶酪和牛奶？”

“是的。”

“那么，爆炸物究竟放在了什么地方？”

“我认为很可能没在车厢里边，首先是因为罪犯打算在外边使用遥控器，如果爆炸物在车内的话他无法引爆；再者，新干线列车是不开窗户的，车厢也是密闭的。”

“你的意思是说炸弹安在了车体外部？”

“我想是的。”

“可是，十津川警部，我坐直升机把50次‘山神号’列车的周围看了个遍，不论车顶还是侧边，都没发现有安放了爆炸物的迹象。”

“那么剩下的地方就只有车底了。新开通的东北新干线列车不是设计了防雪的车身护栏吗？它不像旧列车那样各种部件暴露在车底，而是车底被铝板包裹着，所以下边是平滑的。因为是铝制的，所以不能使用磁铁，但是现在市面上到处都能买到速粘胶。”

“有道理。”渡边警部点了点头。

“可是，罪犯是在哪里安放的炸弹呢？”

“只有在白石藏王站停车的时候，因为仙台车辆局的戒备是很严的，罪犯很难潜入并安放炸弹，所以就只有在白石藏王站有机会了。在即将到达白石藏王站之前，50次‘山神号’头等车厢上的男子拉下了紧急制动阀，综合调度室自然指示列车停进藏王站，而乔装成站员的四个人已经在车站待机了。”

“是那四个人在车底安放了炸弹？”

“没有其他可能。四个人中的一人钻到车下安放了炸弹。如果他们使用速粘胶的话是很容易做到的。在那段时间里，另外三个人去假装检查制动阀、逮捕肇事者，为其争取了时间。”

“这么说，那个肇事者的目的只是让50次‘山神号’列车在白石藏王站停车？”

“我认为是的。”

“但是，我觉得那四个乔装成站员的人控制白石藏王站上行线站台的举动有些过于煞费苦心了，他们为什么要那么干呢？”

“我认为首先是为了让列车停在白石藏王站，其次还要停在土堡隧道正前方。”

“这么说，很有可能罪犯之一曾在隧道上方逗留。”

“是的，因为其他地方无法监视列车的情况。”

“从地形上看，那里是最佳位置。”

“这样说来，可以认定罪犯之一曾蹲守在隧道上方。”

“或者是一个人或者是全部，他们会不会因为目的已经达到就撤了？ 50次‘山神号’已经停车七个小时了，再这样下去，车内会引发恐慌的。”

“我也认为罪犯已经撤走，不过……”十津川谨慎地说道。

毕竟事关将近九百名旅客的性命，万万冒不得风险的。

按说罪犯勒索的一亿两千六百万日元已经到了手，而且那个给国铁总公司打电话的罪犯曾说过，一旦赎金到手就会告知“山神号”安放爆炸物的位置，可是，却没有任何消息反馈。从罪犯的角度来看，他们自然希望列车永远停在那里，近九百名惊恐的旅客困在其中，这样，警察便无法对他们全力抓捕。

一旦得到赎金便告知炸弹的位置，并撤走控制引爆器的同伙——十津川不相信罪犯会这样遵守承诺。

“还是派排弹小组去检查‘山神号’吧。假如果然如你所说炸弹被安放在车底的话，我认为是很容易发现的。”渡边说道。

“最后只能这样了。”十津川附和道。

问题是曾在土堡隧道上方的那个罪犯现在在哪里，遥控器在什么地方。罪犯警告说，只要有一名旅客下车或者有人从外部接近列车，他们就会引爆炸弹。现在那个警告是否还有效？

“既然罪犯已经达到了目的，我认为他们没必要再杀害旅客了。”渡边说道。

“我也有同感，不过，万一情况考虑不周，怎么对得起旅客呢？”

“那该怎么办呢？”

“现在还没到 6 点吧？”

“刚过 5 点半。”

“今天的日落是几点钟？”

“仙台是 7 点 14 分。”

“在日落之后让排弹小组接近列车，罪犯也许不会发现。从直升机上侦查的时候，不是也没看到列车周围有罪犯的迹象吗？”

“线路上的情况一目了然，高架桥周围也都是水田，没有可以藏身的地方。”

“这样的话，即便罪犯还在现场，也不会在列车附近。安排人等到夜晚悄悄靠近列车吧。当然，事先要确保万无一失，顺利将旅客解救出来。”

“好的，现在就命令排弹小组待命吧！”渡边说道。

第八章

联合调查

1

晚6点过后，在荒川的河堤下发现了被人抛弃的巡逻车。

那里本是行人很多的地方，可是，警察却很晚才接到报案，大概没人认为那是一辆假的巡逻车，甚至没人想到巡逻车也会被盗。车的后座上扔着两件警服，所以报案的妇女起初以为警察是因为天气炎热，脱了衣服到荒川里游泳去了。事实上，她在拨打110的时候还对警察在执勤期间游泳感到很气愤。

警察急忙赶到现场调查，结果发现巡逻车和警服都是假的，统统是大东电影制片厂的道具。据说大东电影制片厂在电影制作方面乏善可陈，时常将摄影棚、大型道具等租借给他人拍摄电视剧，因此没有察觉巡逻车和两件警服被盗。

“太阳就要落山了。”十津川注视着窗外对龟井说道。

虽然已经发现了假巡逻车，并弄清楚了来历，但也只能证明此前的推断是正确的，对案件的侦破并无帮助。特别是对于龟井来说，这只是进一步证明了他此前没有辨别出假警车是一个错误。

“一旦天黑下来，宫城县警派出的排弹小组就将对50次

‘山神号’进行检查了。”

“嗯，估计罪犯已经逃走了，可是，此事关乎旅客生命，不能莽撞行事。”

“处理完炸弹，咱们就可以放开手脚搜查了吧。”龟井抬头仰望着开始变得昏暗的天空说道。

“嗯，是的，到那时就可以放手抓捕罪犯了。当然要大张旗鼓地搜查。”十津川也急不可耐地说道。

在这种列车劫案中，因为人命关天，初期阶段警方往往是被动的。想要抓捕罪犯的冲动和解救人质的责任感在警察的心里互相斗争，精神饱受煎熬，因此，人人都焦急地等待着，恨不得赶紧放开手脚缉拿罪犯。眼下，警察们束手束脚，只能期待尽早摆脱束缚。

“罪犯有几个人呢？”龟井抬头看着依然灰白的天空问道。

天上悬着一轮苍白的月亮。

“劫持白石藏王站的是四个人，打开50次‘山神号’应急车门导致列车停车的旅客一人，还有监视列车的一人，总共是六个人。”

“加上给国铁总公司打电话的人和驾驶假警车的两个假警察就是九个人。”

“这三个人也许就是那六个人中的三人吧，电话随处都可以打的。罪犯用尼桑总统牌轿车拉着松尾副总裁和北野在市内到处兜圈，你不觉得他们明明知道你在跟踪，却把时间拖延得有些过长吗？”

“是啊，我认为他们起初是为了确认是否有警察跟踪而兜圈子，可是时间的确太长。”

“在那段时间里，或许从白石藏王站消失的那五个人正在东北公路上直奔东京而来，到了东京后，其中两人假扮成了警察，一人充当了货车司机。这样算来，罪犯的人数也许少于九人。”

“有道理。”亀井点着头，再次将目光投向窗外。

夜色降临，街上的霓虹灯已经开始闪烁。

2

五名排弹组成员会集到了白石藏王站，待天色一暗，便下到路基向南边走去。在他们的前方，亮着灯的50次“山神号”列车静静地停在那里。对面的土堡隧道变成了一座黑黢黢的小山包。五名排弹组成员穿着橡胶鞋，悄无声息地向列车走去。

为了防备万一，濑川与田口两名警察登上了土堡隧道的山顶，一旦有罪犯带着遥控器出现就立即逮捕。

五名排弹组成员默默地走着，脚下不能发出声响，更不能互相交谈。

据分析，炸弹被安装在第十二节车厢的下边。为了减轻重量，新干线的车体使用了铝板，因此，无法用磁铁吸附炸弹，罪犯大概是使用了速粘胶。

五个人来到了最后一节——也就是第十二节车厢，他们俯下身子钻到车底，使用弱光电筒查看了加护板的底盘。只见所有的部件都被铝板覆盖着，炸弹无法隐藏到部件的隐蔽处，因此，是否有炸弹便一目了然。

12 号车厢下没有炸弹，于是，他们从 11 号、10 号依次排查下去，始终没有发现炸弹。当来到 5 号车厢的时候，排弹队员稍事休息以缓解疲劳。其实此时的精神疲劳远胜于身体的疲惫，如果罪犯真的安放并引爆了炸弹，那么，排弹队员也将与列车上的旅客一起灰飞烟灭。

休息过后，五名队员继续排查。4 号、3 号车厢也没有任何发现。他们来到 2 号车厢，当一名队员用手电查看车底的时候，轻轻地发出了一声惊呼，因为，借着手电微光他看见了铝护板上有一个黑色的盒子。其他四个人也立刻明白了情况，于是互相点了点头。其中三人靠近可疑物，将三支手电立在水泥地面上，三束光照射在车底上那个四方形的盒子上。那是一个马口铁盒子，有公务箱一半大小，横着伸出一根长长的天线，大概是接收器。这时，另外两名队员打开事先准备好的薄铁板将三个同伴包围起来，如此一来，即便罪犯在附近遥控，发射波也会被反射回去而无法引爆。

在铁板的围栏里，三名排爆队员满头大汗，专心致志地清除炸弹。果然，炸弹是使用速粘胶粘在列车底盘上的。两名队员合力将可疑物从底盘上取了下来，又将伸出的拉杆天线缩了回去，接着，用铅板将沉重的可疑物包裹起来，以防止遥控射线穿透。

“为慎重起见，咱们再检查一下 1 号车厢。”队员之一安倍小声说道。

于是，两名队员钻到了 1 号车底部，结果闻到一股火药的气味，定睛细看，一个炸裂的马口铁盒子紧紧地附着在底盘上，天线也已经七扭八歪。可是，车底盘却没有损伤，大概使用的只是声音很响可爆炸威力不大的鞭炮火药。

五名排弹队员拿着可疑物站起身来。安倍向车头方向走去，用手电向驾驶室发出信号。驾驶室的车窗敞开着，驾驶员探出头来。综合调度室早将排弹小组入夜之后的行动告知了 50 次“山神号”的司机和列车长。

“问题解决了吗？”司机坂本向车下的安倍问道。

“发现了炸弹，并且已经拆除了。放心吧，你们马上就可以发车了。”安倍回答道。

3

为了尽快处理炸弹，警方用停在白石藏王站附近的警车将之送到了县警察本部。

在点心盒子大小的马口铁盒子里放着三管黄色炸药，还安装了雷管和电池，起爆装置接收到某种频率的电波时就会引爆。

罪犯把炸弹安放在 2 号车厢，大概是觉得那里容易收到遥控信号。如此看来，负责引爆的罪犯应该就在距离头车很近的土堡隧道上方。

停了十个小时的列车载着将近九百名旅客向着大宫出发了。东京警视厅的十津川很快得到了炸弹被安全拆除、全体旅客平安无事的消息。因为长时间的滞留，头等车厢里的歌手岛崎顺子和 3 号、10 号车厢里那些抱怨身体不舒服的旅客，此时随着列车的启动立刻恢复了常态。

“好在没有出现伤亡。”十津川松了一口气。

“下一步该抓捕罪犯了。”龟井说道。

“而且，一亿两千六百万日元的赎金也必须追回来，因为国铁的钱都是国民的纳税钱。”

“我还是对赎金的额度难以理解。”龟井再次说出了自己的疑虑。

近来人们对动辄上亿元的金钱已习以为常了，银行职员轻易挪用一两亿元的案件时有发生，所以罪犯索要一两亿元并不奇怪。可是为什么有零有整地索要一亿两千六百万元呢？为了保住九百条人命，即便被索要两亿元，国铁也肯定要支付的。

“我还有一件事不明白。”龟井接着说道。

“什么事？”

“您是知道的。”

“你是说 8 月 8 日那起案件吗？”

听十津川这么一说，龟井的眼睛一亮。

“那件事跟这个案件一样，都是一名旅客闯进头等车厢的乘务室拉动了紧急制动阀，导致列车停车。而且在这次案件中罪犯的座位也是在头等车厢的 1 号 A 座。”

“的确。可是，8 月 8 日那起案件的被害者和凶手都已经死了，也就是说，案件了结了。另外，虽说两个案件类似，但是无法证明 8 月 8 日案件的那些人与这次案件有关。也许那个人在报纸上看到了 8 月 8 日的案件，知道了东北新干线乘务室里有紧急制动阀，于是就制订了这次的劫持计划。”

“当然，也有可能，但是我还是觉得 8 月 8 日的案件疑点很多。您当时不是也怀疑事情不会就这么结束吗？”

“是啊，案件解决得的确太快了。如果说两个案件有联系的话，那么到底有什么联系呢？”

因为想起了 8 月 8 日的案件，十津川陷入了沉思。正因为他与龟井一同乘坐过 17 次“山神号”，所以记得十分清楚。最初东京都内的女子被杀案，应该就是后来案件的发端，十津川心里想着，顺手写下了与 8 月 8 日案件相关的人名。

大矢桂子（二十四岁）　　公司职员

八木慎一郎（二十五岁）　　银行职员

田名部祐二（二十五岁） 工人
二宫由美 魅力俱乐部老板娘
佐佐木彻 魅力俱乐部经理

女职员大矢桂子被人杀害，她为了回故乡仙台买的8月8日下行的17次“山神号”头等车厢的车票也被人偷走。后来，在8月8日下行的17次“山神号”头等车厢里，一个叫田名部祐二的人被杀死，凶手八木慎一郎将列车紧急制动后逃走。可是，八木从高架桥上跳下的时候，全身受了重伤，后来溺死在了灌渠里。因为所有的人都死了，案件就结束了。如果说8月8日的案件与这次的案件有什么相似的话，拉动紧急制动阀这算其中一点；还有，地点都是在白石藏王车站附近，这一点也算一致。可是，如此断定两者有关似乎有些轻率，如果推断错误，那就等于放走了真正的罪犯。

“搜查的第一步，首先要追查8月8日案件中的二宫由美和佐佐木彻。”十津川说道，“但这只是第一步。”

4

有关罪犯的心态也可以做多方推测。

一种意见认为，之所以以50次“山神号”为目标，从某种意义上来看，说明罪犯对东北新干线怀有仇恨。想来，东北新干线并非受到所有人的喜欢，因为仅在隧道建设过程中就有一百多人牺牲了生命。另外，东北新干线并未给所有的人带来好处，跟以往的东海道线、山阳线一样也带来了噪音的问题。可能在那些牺牲者或受害者中就隐藏着罪犯。这次的案件是与宫城县警方联合调查的，当地警员也推测罪犯与新干线的受害者有关。因为他们更清楚东北新干线建设过程中的各种问题，例如当时发生的抗议活动和请愿运动等。所以，他们认为一定是对新干线怀恨在心的人干的，因为宫城县警察本部的渡边警官在 8 月 21 日去东京找十津川他们碰头的时候，就亲口表达了他们的看法。

“我们还有别的理由认为罪犯可能是新干线建设的牺牲者或受害者。”渡边当时说道。

“说来听听。”十津川催促道。

“首先是罪犯向国铁索要的赎金金额。一亿两千六百万元，实在令人费解。”

“嗯，我们也觉得奇怪，思来想去总觉得莫名其妙。”十津川坦率地说道。

“对此，我们是这样推测的：新干线的开通让有些人受到了损害，比如受到噪音干扰等，因为受害者不止一人，所以就想向国铁索赔。可是，不可能所有人都把想法变成行动，于是其中的五六个人或七八个人便相约采取了行动。”

“有道理。”

“那些人似乎很有信心，不单单只是为了钱才采取了这次的行动。”

“他们想要有理有据地从国铁要到钱？”

“是的。他们索要的不是有零有整的一亿两千六百万元吗？”

“你是说他们已经计算好了，所以才向国铁索要的？”

“每个人获得的噪音公害赔偿自然不会一样，因为距离铁路的远近不同，噪音的大小也不同。我认为他们是将每户应得的赔偿加在一起得出了一亿两千六百万元的数字。”

“还有其他理由吗？”

“再一个就是罪犯盗用了立野由太郎的私车。他们早就盯上了立野的车，这个情况属实吗？”

“属实。罪犯应该是提前配好了那辆尼桑总统牌轿车的钥匙，然后在作案那天盗用了轿车。”

“哦。东北新干线的开通既然有人受害，那么也会有人受益。对于盛冈、仙台市民得到了好处，罪犯没什么兴趣，而像立野由太郎那样臭名远扬的人，通过土地买卖获得了巨大利益的商人，才是他们痛恨的对象。于是，罪犯将炸弹安放在了立野由太郎乘坐的50次‘山神号’列车上，并且在作案时盗用了立野的车。”

“因为建设东北新干线导致一百多人死亡，我认为可以考虑是与死者有关的人作的案。”

“我也想过这一点。不过，东北新干线开通之前，在福岛建了慰灵碑。我认为国铁那样做是对死者家属的一种安慰，因为日本人很容易接受那样的镇魂仪式的。”

“这么说，渡边警官，你还是认为罪犯出自新干线公害受害者？”

“不是我个人的观点，而是全县警察的看法。因此，我主张按照这条线索查下去。”

“大宫市一带人口稠密，要说噪音公害，是否那里应该最严重？”

“应该与东北新干线沿线各县警察部门取得联系，一同开展调查。十津川警部，您的意见如何？”渡边反问道。

“我们认为有两条线索。一个就是渡边刚才说的那一条，我同意立即展开调查。另外一条是坚持此案与8月8日的案件有关的推测。”十津川将昨夜与龟井的谈话内容说了出来。

然而渡边并不赞同，因为8月8日的案件已经结案。

“第二条线索由我们这边单独调查。”十津川说道。

5

东北新干线的公害影响范围很广，因此，其噪音标准在居住区定为七十分贝以下，商业地区定为七十五分贝以下。在大宫北部，该标准适用于以铁路为中心两侧的三百米以内，在与野[①]以南则是二百米以内。然而，即使是七十分贝也令人难以忍受，于是，居民要求降到六十五分贝甚至六十分贝以下。在大宫周边的某些地段，新干线高架通过许多住宅，因此，在征地过程中引起多方不满。虽然有些人家搬了迁，可是用国铁给的补偿款买不起新住房，不得不向银行贷款。大宫以南的住户为了反对建设新干线，还将国铁告上了法庭。

铁路沿线各县警察开始了联合调查。然而，调查开始才深感困难非常之大，因为公害并不仅限于噪音的问题。其中既涉及日照权，还有因电波干扰影响电视效果的情况。另外，有的人家本来是可以隔窗看到富士山的风景的，结果因为高架的遮挡而景色全无。原本以为不受影响的稻田，也因为上方的高架增加了阴影面积，从而导致了稻米的减产。

除了上述的复杂情况之外，在开始调查的时候，住户错以为是国铁方面在施加压力，有的人表现出了不配合的态度。甚至有的人认为警察是国铁的说客，于是大打出手。

窃走尼桑总统牌轿车时用的钥匙不是原车钥匙，是罪犯在街上的钥匙店里配制的。龟井他们查遍了东京都内及附近各县的钥匙店，还绘制了罪犯的画像。画像是劫持白石藏王站并假

---

① 与野，地名，位于日本埼玉县东南部。

扮站员的四个人和拉下50次“山神号”紧急制动阀的那个人，因为至少这五个人可以认定是罪犯。

白石藏王站的站员看到过那四个劫持者，而“山神号”头等车厢的很多旅客都见过拉动紧急制动阀的人，然而，画像绘制得却很失败，见过那五个人的站员和旅客对罪犯的印象千差万别，因为谁也想不到自己看到过的人会是与案件有关的罪犯，对于偶然看到的人几乎没什么印象。

警察同时对那五个离开白石藏王站的人后来的去向展开了调查。警视厅与宫城县警方一致认为，罪犯事先将车停在了白石藏王站旁边，事毕之后五人驾车逃离。最终，调查的任务交给了宫城县警方，8月8日的案件则由十津川一人负责，因为该案已经结案，警方无法再配备人手。

6

各家报纸8月21日的早报都以头条报道了该案件。

《日本月刊》的总编要求泽田立即写一篇他在50次“山神号”上亲身经历的报道，同时配上他妻子久美子在车内拍摄的现场照片，图文并茂，无疑将给《日本月刊》的版面增色不少。

50次“山神号”从仙台发车之后久美子就在头等车厢里拍了许多照片，事件发生后她更是穿行于1号车厢与12号车厢之间不停地拍照。她拍到了岛崎顺子因得知车上有炸弹时惊恐哭丧的表情，还拍到了立野由太郎的秘书训斥列车长的画面。她共拍了十二卷胶片，一卷胶片三十六张照片，带去的胶卷全部拍光了。正当她把四百多张照片摆开来看的时候，泽田走了进来。

“你拍的这些照片真不错。”泽田满意地说道。

“稿子写完了吗？”

“差不多了。岛崎顺子这张哭丧脸真是一张杰作，女性周刊和演艺杂志都会抢着要的。”

“我这里还有一张，与其说好玩，不如说很有意味。”说罢，久美子将照片递给了泽田。

“这不也是岛崎顺子吗？满脸微笑，大概此时她还不知道有炸弹的事情吧？这张照片有什么特别的呢？”泽田不解地问道。

“这是我躲在你身后拍的，或者是列车停在仙台站的时候，或者是刚刚启动的时候。”

“我记得。”

“还拍到了岛崎顺子前面的一个男子。”

“是一个戴着太阳镜的男子。那个人是她的同伴吧？”

“我说的是她斜前方的那个人，正如刚才我们猜测的那样，那个人的座位毫无疑问就是 1 号 A 座。”

“这么说，他就是那个因拉动紧急制动阀而被捕的人？”泽田情不自禁地高声问道。

久美子莞尔一笑，说道:“警察已经认定他就是罪犯之一。”

“就是他啊。”泽田再次将目光转向了照片。

“我们把这张照片拿给报社或杂志社，让他们放大到一个版面登出去怎样?”

“还是送给警察更好吧?”

“有道理。这个时候帮助警察一下也许是不错的选项，编辑部也会同意的吧?”

7

警方绘制嫌疑者画像的工作本来很不顺利，泽田提供的照片着实帮了大忙。

虽然那个男子戴着太阳镜，但是他的脸庞被拍摄得十分清晰。他大概二十五六岁，长脸，长发，虽然穿着西装，却没有打领带。根据发型判断他不像是公司职员，更像是自由职业者。因为戴着太阳镜，所以无法看到他的眼神，可是从他那高鼻梁、薄嘴唇来看，说得好听一些，他应该是一个意志坚定的人，说得难听些，则应该是一个冷酷的人。

十津川将照片复制了许多张分发给警员们，同时也传送给了宫城县警方。他自己则带着若干张趁夜赶到了新宿。

在 8 月 8 日的案子中死去的田名部祐二和八木慎一郎都是

新宿那家魅力俱乐部的常客。如果这起案件与8月8日的案子有关，那么，这张照片上的男子也可能是魅力俱乐部的客人。最了解情况的自然是俱乐部的老板娘二宫由美和经理佐佐木彻，可是，现在这两个人都已经下落不明了。

好在十津川弄到了一张他们两人的合影。照片是从“枫”那家店的老板娘井本静子那里得到的，她曾经在魅力俱乐部做过女招待。然而，那两个人究竟去了什么地方，她却一无所知。她曾向消息灵通的人打听过，可是一点儿线索也没有。

十津川把久美子拍到的那张嫌疑人的照片拿给静子看。

“这个人来过魅力俱乐部吗？”

“这个人好帅哟。”静子说罢，又仔细地看了看照片，“我不认识他。”

“以前听你讲过在魅力俱乐部里有特别会员，也许他就是。”

“要是不戴太阳镜的话，也许能认得出来。来魅力俱乐部的客人里有很多这种长相的，也有其他模样的。”静子的话没什么价值。

“你还说过魅力俱乐部的老板娘二宫由美是东北人？”

“是的。”

“你知道她是东北什么地方的人吗？”

“以前你们也问过，之后我努力回想，可是，怎么也想不起来了，实在抱歉。”

“你不是说过不是盛冈、仙台那样的大城市吗？”

“要是那样的大城市我会很容易想起来的。”

“会不会是白石？”

“白石？”

“对，福岛和仙台之间的一个镇子。”

“白石？我不知道。”

“如果想起来的话，希望你马上联系我。另外，这个男子的照片我也给你，一旦发现什么情况，也请你马上联系我。”说罢，十津川便走出了店门，此时是8月21日将近晚8点。

从昨天50次“山神号”被旅客意外制动的事件发生至今，已经过去三十四个小时了，可调查进展却不大。

警方弄到的罪犯照片，虽然因为戴了太阳镜而看不清楚容貌，好在面庞轮廓十分清楚。

因为案件已经进入公开调查阶段，所以，明天的早报上就会登出该男子的照片。一经报刊和电视报道，也许就会有更多的信息反馈回来的。

除此之外，刑警们也在多方调查，虽然还没得到有价值的线索，但是或许能从中查到罪犯的蛛丝马迹也未可知。

十津川是个乐观的人，他一贯认为即使有时在办案中会四处碰壁，但罪犯终究会落入法网。

指挥搜查酷似棒球教练指导比赛，如果教练露出悲观的神色，那么就会影响队员的情绪。所以，指挥者即便对搜查没有信心，也要表现出充满自信，很快就能解决案件的样子。

十津川很清楚自己的性格，因此一如既往地表现出乐观的态度。眼下这个案子的情况是罪犯已经勒索到一亿两千六百万日元的赎金，既然他们得到了巨款，下一步就应该是考虑如何逃跑了。可是十津川转念一想，这次案件的罪犯事前做好了相当周密的计划，那么如何逃跑肯定也在他们的计划之中。莫非罪犯现在已经逃往海外了？十津川的心里生出一种不祥的感觉。

虽然尚不清楚罪犯一共有几个人，但是可以推断他们是准备好了护照和签证之后才实施了此次犯罪，待赎金到手便会迅速分赃，然后前往成田机场逃往海外。

在近期发生的案件中，罪犯往往都是一旦得手便逃往海外的，因为日元比较坚挺，如果有一笔可观的钱在手，就可以在国外逍遥度日了。

就怕当警方得知罪犯姓名的时候，他们已逃到了国外。

8

在白石藏王站西出口的广场上有出租车和公交车站。

国铁公交车和观光大巴都是发往白石城遗址、旧线白石站和藏王索道方向的。

由于距离白石市较远，所以西出口的广场很冷清，东出口仅有一个广场，于是更加冷清。虽说是广场，却也没有什么像样的设施。

8 月 21 日，警方在东出口的广场找到了一个目击证人。据证人讲，20 日那天，他看到东出口广场上停着一辆东京牌照的汽车，有五个男子坐在车里。

证人是附近农户家的一位年龄四十六岁的主妇，名叫梅原喜久女。面对渡边警部的问话，她面带微笑地说道:“昨天，我到白石市里去办事。当我穿过火车站到了西出口广场公交车站的时候，看到在东出口广场那里停着一辆白色的轿车。见车牌上有‘品川’两个字，我觉得奇怪，过后一问才知道‘品川’是东京的车牌。”

“你看到五名男子上了车吗？”

“嗯，我看到了。他们几个人一窝蜂地从车站里出来就上了那辆车开走了。”

“当时是几点钟？”

“大概是 10 点 20 分吧。”梅原喜久女答道。

从时间上看，无疑是控制了上行列车站台的那四个人和在 50 次“山神号”列车上拉制动阀的那个人。果然，他们预先在白石藏王站东出口广场备好了汽车。

“你记得那是一辆什么车吗？”

听渡边警部这么一问，梅原喜久女一下子没了笑容，道：“我不太懂车的型号哟。”

“那么，是什么颜色的呢？”

“白色的。”

“什么样的呢？”

“像出租车。”梅原喜久女答道。

渡边警部拿出许多汽车的图片让梅原喜久女看，结果认出了那辆车是皇冠牌轿车。然而，这仅仅是知道了车型，却不知道车牌号和出厂批次。

不过，从东京牌照这条线索可以认定那五名罪犯是从白石藏王站去东京的，因为东北高速公路就从附近通过，如果要逃往东京，首先就得选择东北高速。

渡边警部马上派刑警立即赶往附近的高速路口，去调查白色皇冠轿车的情况，结果在藏王路口找到一位目击了轿车的收费员。

“记得是在10点45分，我看到一辆乘坐了五个人的白色皇冠车驶入了上行线。”五十岁左右的收费员对刑警说道。

因为这名收费员对车辆非常熟悉，因此他确认那是一辆1981年生产的轿车。

“对那几个人你有什么印象吗？”

“看上去他们很在意时间。车子停在收费闸口的时候，他们互相看了对方的手表，好像是在确认时间。于是我也下意识地看了一下表，当时是10点45分。”

收费员提供的信息只有这些。

看来，五名罪犯乘上了事先准备好的1981年生产的白色皇冠牌轿车，于 8 月 20 日上午 10 点 45 分，经藏王高速公路入口进入东北高速公路驶向了东京。其他情况尚不得而知。

而东京警视厅龟井那边的搜查则不太顺利，21 日一整天也没弄清楚罪犯究竟在哪里配制的尼桑轿车的钥匙。

时间到了 8 月 22 日，这已是案发的第三天了。

这天早晨，所有的早刊报纸上都登载了泽田久美子拍摄的那张戴着太阳镜的男子的大幅照片。

第九章

三十二会

1

警视厅命宫城县的渡边警部到厅里来参加联合调查会议。

会议的第一个议题就是关于各家报刊上登载的戴着太阳镜的男子的照片。警方还从拍摄者泽田久美子那里借来了底片，加印了数张分发给每位参会人员。

由于太阳镜的镜片颜色很深，所以，嫌疑犯的表情无法看清，但是，从罪犯那高鼻梁、绷成“一”字形的薄嘴唇来看，他应该是一个冷静且很有决断力的人。根据泽田久美子的证言，该男子二三十岁，身高大概一米七五。

“这起案件有这样几个特点。”十津川说着，将特点一一写在了事先准备好的黑板上。

（1）罪犯不少于五人。

（2）赎金是一亿两千六百万日元的非整数。

（3）使用了立野由太郎的私车。（也许是偶然，立野由太郎本人乘坐了安放炸弹的50次“山神号”列车）

（4）东北新干线的白石藏王站上行列车站台曾一度被罪犯控制。

（5）通过拉动头等车厢乘务室里的紧急制动阀，罪犯迫使50次“山神号”列车停在了白石藏王站。

“请各位逐一讨论一下，或许可以梳理出案件的全貌。”十津川警部停顿了一下，又轻轻地清了清嗓子接着说道，“首先是罪犯的人数。从简单的计算来看，迫使50次‘山神号’列车停在白石藏王站、控制上行列车站台、在车体上安放爆炸物的是五个人。算上打电话威胁国铁总公司的一人、乘坐假警车的假警察两人、驾驶卡车阻挡跟踪的一人，以及在土堡隧道顶上手持遥控器的一人，一共有十个人。可是，白石藏王站的那五个人很快就驾车走东北高速公路返回了东京，因此，这五个人当中的三个人可能也是开假警车的假警察和开卡车的司机，这样的话，罪犯应该是七个人。”

“七个人还是十个人，哪个更准确呢？”搜查总部的三上刑事部部长问道。

“我认为是七个人。”十津川回答道。

“为什么？说一下你的理由。”

“罪犯命令国铁总公司的松尾副总裁和北野总裁秘书带着一亿两千六百万日元坐上立野由太郎的尼桑总统牌轿车。安排妥当之后，通过车上的车载电话不断地发出指令。起初，他们让松尾和北野开车不停地兜圈子，当时我们以为罪犯这样做是为了确认是否有警察跟踪，因为去年 9 月那起儿童绑架案的罪犯就是这么干的。可是，在这个案件中我们的推测错了，理由是这样的：这个案件的罪犯敲诈的不是个人，而是国有铁路公司。如果是个人的话，当事人由于担心人质被杀害会不敢报警，选择暗中与罪犯交易，然而，国铁不可能与罪犯秘密交易，这一点罪犯也是十分明白的。正因为如此，罪犯准备了假警车和阻止警车跟踪的卡车。这样看来，他们四处兜圈子并不是为了确认是否有警察在跟踪，而是另有其他目的。这个目的只有一个，那就是拖延时间——为了让白石藏王车站的那五个人可以驱车从东北高速赶到东京，然后其中三人化装成假警察和卡车司机。由此推断，我认为罪犯是七个人。”

“对于十津川的分析，其他人有没有异议？”三上看了看其他的刑警问道，结果没有人提出不同意见。宫城县警察本部的渡边警部在认真地做着笔记。

“你接着往下讲。”三上对十津川说道。

2

“第二个就是赎金的金额。”十津川继续说道，“任何人看到这个数额都会感到不解，因为通常的绑架案都是勒索整数金额的，比如，一千万、两千万，或者一亿、两亿。如果罪犯是七个人，每个人分两千万元的话，那么应该是一亿四千万元。这一亿两千六百万元实在不是一个常见的数额。不过，这个数额倒是也很有趣，因为我们可以从中发现罪犯的某种诉求。如果解开了这个数额的谜团，或许就能弄清罪犯的来历。”

“从罪犯向国铁勒索的金额来看，会不会是由于国铁开通新干线，特别是开通东北新干线给他们造成了损失，因此才提出这个要求？”搜查一课的本多课长问道。

十津川警部点了点头：“我认为这种可能性非常大，我打算抓紧调查这条线索。接下来是第三个问题，罪犯故意利用立野由太郎的私人轿车来交接赎金，他们的动机是什么？当然，也不排除偶然为之的可能性，因为他们需要有车载电话的轿车。这样的车在东京都内为数不多，也许他们在物色轿车的时候偶然发现了立野由太郎的尼桑总统牌轿车。如果是这样的话，那么这第三个问题就毫无意义了。但是，假如罪犯无论如何都要利用立野由太郎的轿车，那么这件事与奇怪的赎金数额就应该是我们查出罪犯的关键所在。”

“会不会是罪犯与立野由太郎有仇呢？”三上问道。

“是的。也许他们也计划向立野勒索赎金。”十津川点了点头，“我认为第四和第五个问题更加重要，因为这让我们想起 8 月 8 日同样发生在东北新干线的另一起案件。”

听到这里，三上皱起了眉头，十分不满地抱怨了一句：“可是8月8日那起案件的罪犯已经死了，案子也结了。”

三上部长是一个多一事不如少一事的人，所以很讨厌案情变得复杂化。

“正如您所说，8月8日那个案子基本上了结了，可是，眼下的这个案子同样是发生在东北新干线上，而且同样是利用了头等车厢乘务室的紧急制动阀，从这一点来看，我觉得实在蹊跷。8月8日的案件了结了，也许依然纠结该案没有什么意义，但如果两者有关联却被我们忽视掉的话，那将会酿成大错。我打算再次调查8月8日的案件，或许从那起案件中能找出解开这起案件谜团的钥匙。”

“本多课长，你怎么看？”三上问本多。

“办案以来，我一直相信十津川警部，后边的事情，我依然同意放手交给他办。”本多课长平静地说道。

“可是，你说说看，如果8月8日的案件与本案有关，那么，上次的案子究竟是怎么回事？在那个案件中，在17次‘山神号’列车上，一个叫田名部的人被毒杀在头等车厢里。邻座的八木慎一郎拉动了制动阀跳车逃走，而后从高架桥上跳落时身负重伤，最后溺死在水渠中。据说是田名部的勒索导致八木慎一郎动了杀机。如果说这两个案件相互关联，那么上次的结案怎么解释？是结错了吗？”

三上皱起眉头狠狠地盯着本多，而本多依然平静地说道：“当然是结错了案。对吧，十津川君？”说罢，等待十津川的回答。

“本多课长说得完全正确。”

“你解释一下！”三上严厉地说道。

依三上的判断，他认定8月8日的案件以两名旅客死亡为终结，如果要推翻这个结论，他会很不愉快。

“一切只是推测，目前还不能断定。”十津川为了避免刺激三上，把语气缓和了下来。

“我当然明白。”

“我们一直把溺水而亡的八木慎一郎当作凶手，那是因为只有这样才能解释清楚那个案子。可是，当这个案件发生，我们意识到当初的结论也许是错误的。我们怀疑8月8日的案件凶手另有他人，八木慎一郎和田名部祐二一样是被人杀害的。”

“可是，十津川君，8月8日你和亀井不是都在17次‘山神号’列车上看到了逃跑的八木吗？”

“准确地讲，我们看到的是一个像八木的人。”

“你这么说我就搞不懂了。”

“因为头等车厢当时已经满员，所以我和亀井没有进入车厢，而是站在了车厢的连接处。其间突然有一名旅客来到乘务室敲门，说可能有旅客死亡，又说是坐在角落里的一名旅客，我们便锁定了1号A座。池田列车长也走出乘务室和我们一起急忙进到了车厢里。当时没想到来报告的旅客就是凶手，又一心只想尽快弄清死亡旅客的情况，所以只记得那名报案的旅客戴着太阳镜，是一个二十五六岁的男子。当我们和池田列车长确认1号A座的旅客死亡与否的时候，报案男子却进入乘务室拉动了制动阀，迫使列车停车。我们这才意识到报案男子不见了踪影，便连忙四处寻找，他却乘机从乘务室的窗户跳到了车外。当我来到车窗向外看时，看到他背对着车辆逃跑并翻越隔音墙逃走了。我和池田列车长都没有看清那个人的面孔。因为我们认为他从高架桥上跳下一定会受重伤，所以当我们在水渠中找到了浑身是伤并溺亡的八木慎一郎时，便断定他就是凶手。我认为要想既不被人看到自己的面孔，又能在杀死田名部祐二后顺利逃走，那么头等车厢1号A座和B座就是最适合作案的座位。”

说着，十津川在黑板上画出了头等车厢的简易图，之后接着说道：“这个座位在最角落的位置，因此可以在不被其他旅客察觉的情况下杀死田名部祐二。如果是注射氰化物的话，田名部祐二会发出惨叫或呻吟声，但只是瞬间的事情，因此我认为凶手是在列车进入长达一万米的藏王隧道时下手的，即使田名部祐二发出叫声也会被噪音淹没。而且，他们坐在角落里，只要低下头，从车厢通道里走过的旅客是看不到被害人的面孔的。最后一点极为重要，就是1号A和B两个座位的后边是仅有一壁之隔的乘务室。东北新干线的车厢内部没有紧急制动装置和应急出口，只有乘务室的窗户可以打开。所以，要迫使列车停下就得进入乘务室，而1号A座和B座是距离乘务室最近的位置，因此凶手为了弄到这个座位的车票不惜杀人。”

“1号的C座和D座不是也可以吗？”

“是的。不过C座和D座的上方摆放着供旅客阅览的图书，厢壁上还安装着挂杂志的挂钩，所以，一旦有旅客来取书刊就容易被发现，不便下手。”

“那么，依你现在的想法是凶手另有其人，他早就在水渠那里杀死了八木慎一郎，然后若无其事地和田名部祐二一起上了17次‘山神号’列车的头等车厢，待毒死了田名部祐二之后翻越隔音墙逃走了。”

“不完全是这样。”

“为什么？”

“如果是那样的话，八木慎一郎的死亡时间要早于田名部祐二，可是，根据解剖结果来看，在渠水里溺死的八木慎一郎的死亡时间比田名部晚很多。所以说我们完全被罪犯欺骗了。”

“那么，你是怎么考虑的？”

“我认为8月8日的案件与这起案件有关，而且这次勒索一亿两千六百万元赎金的犯罪团伙大概是七个人。就是说，就是这七个人在8月8日杀死了田名部祐二和八木慎一郎。”

“他们动机是什么？”

“这个案件中的七个人和田名部祐二、八木慎一郎两人本来就是一伙的，他们共同策划了在东北新干线50次‘山神号’列车上安放炸弹并勒索国铁当局的事件。可是随着计划临近，田名部和八木两个人畏缩了，于是，另外七个人不得不杀人灭口。当得知田名部要乘坐 8 月 8 日的 17 次‘山神号’回仙台老家，便不惜杀害无辜的女职员来弄到田名部邻座的车票，继而毒杀了他。如果就此罢手的话，经过警方的调查，他们七个人就会暴露，于是，他们决定伪造出一个凶手，那么，另一个叛徒八木慎一郎就成了最佳人选。可是，如果八木慎一郎活着，他就会向警察把一切招供出来，因此必须让他死掉，而且还得保证他被发现。为此，他们找了一个年龄与背影与八木慎一郎相似的人，让他乘上 17 次‘山神号’列车，其他六个人在白石藏王站伺机而动，而且是带着八木慎一郎。那个像八木的人在头等车厢里毒杀了田名部之后，拉动了紧急制动装置，然后跳车逃走。当然，那个人翻过隔音墙跳到地面时并没有受伤。我认为或者是那六个人在下边接住了他，或者是他跳到了折叠式吊床上。然后他们将 17 次‘山神号’的车票放到了八木慎一郎身上，并在水渠那里将他溺死。”

“八木慎一郎的尸体上有许多伤，而且右腿膝关节粉碎性骨折。这些伤是怎么来的呢？难道是那几个人殴打所致吗？”

“不，我认为不是，应该是他们开车撞的。从全身受伤来看，最有可能是车撞的。虽然八木受了重伤，但并没有死，罪犯们就利用这一点将他伪装成了凶手。结果我们完全中了他们的圈套，认为案件已经了结了，于是，他们便放心地按照原计划继续下去。”

“如果说 8 月 8 日死的田名部祐二和八木慎一郎也是这一犯罪团伙的成员，那么我们首先应该从那个‘三十二会’入手。”

“我同意。”十津川说道。

3

“三十二会”是新宿魅力俱乐部的老板娘二宫由美把出生于昭和三十二年的常客召集在一起成立的会员组织。老板娘二宫由美和经理佐佐木彻也是该会成员，但是目前下落不明。

十津川取出记事本，一边看着上边做的记录一边说道：“这个‘三十二会’是目前失踪的魅力俱乐部老板娘二宫由美组织昭和三十二年出生的客人成立的。据说这个女人很有商业头脑，她用集来的钱多方投资，获利颇丰。田名部祐二和八木慎一郎也是这个‘三十二会’的会员，此外，会员还有姓永井、青木的两个人，但是，不知道他们的全名。我怀疑罪犯就在这个‘三十二会’的会员里边。”

“你是说会员中有人策划了这次事件？”

“是的。”十津川点头同意。

“说说你的理由。”三上渐渐被十津川的话吸引住了。

“魅力俱乐部倒闭之后，另一个女人在那里开了一家名叫‘枫’的酒吧。她说‘三十二会’是一个投资性质的会员组织，有七八名会员，加上老板娘二宫由美和经理佐佐木彻就是九到十个人。另外她还说二宫由美的老家在东北。我问过她是不是仙台，她说是比仙台小的一个镇子，我推测大概是白石。”

“这次的事件不就是发生在白石藏王站附近吗？”

“是的。”

“为什么这一点很重要呢？”

“二宫由美从‘三十二会’的会员那里集资做了投资。”

“这个情况我们是知道的。”

“我认为田名部祐二把拼命干活攒的六百万日元、八木慎一郎把侵吞银行的一亿日元都投了进去，加上其他会员的投资，总额应该有两三个亿吧。这么大一笔钱会用来干什么呢？”

“买股票或者买食品期货？”

“还有别的。”

“不会是土地吧？”三上大声地说道。

十津川微微一笑。以往他和三上很少能想到一起，可是这次却不谋而合了。

“对，就是土地。东北出生的二宫由美判断将会开发东北新干线，于是把‘三十二会’的集资投了进去。因为她出生在白石，所以购买了白石附近的土地，可是没想到投资失败了，于是她关了店铺，一走了之。”

“她想通过勒索国铁来弥补自己的损失？”

“是的。我想按照这个思路进行调查。”

4

联合调查会议接受了十津川的意见，可是一向谨小慎微的三上部长却只给本多和十津川三天时间调查8月8日的案件与本案的联系，一旦发现两者没有关联就要立刻停止调查。

因为是以刚刚开通的东北新干线为要挟对象发生的一亿两千六百万日元的敲诈案，所以引起了媒体极大的关注。加之国铁方面也提出了要求，因此必须尽快破案。另一方面，8月8日的案件已经做结案处理了，一旦重新调查的事情被媒体得知而大加指责的话，警方将十分难堪，这一点正是三上所顾忌的。

虽然三上下了死命令，可是十津川却不以为然。因为他坚信这起案件与8月8日的案件必有关联，而且他自信一旦查出关联所在，不出三天必有突破。

首要的任务是找到“三十二会”的全部会员。

“无论如何我们都要找到他们。”十津川对宫城县警察本部的渡边警部说道。

“所以，麻烦宫城县警方一定要找到‘三十二会’的头目二宫由美的下落。我的推断是这样的：因为她本人出生在白石，并且认定白石周边的土地将用于修建新干线，于是出钱买了地，不料却吃了大亏，于是制造了这起案件，企图敲诈勒索国铁总公司来弥补自己的损失。”

“那我们去查一下，如果他们真的损失了一亿两千六百万日元的话，那就与推测吻合了。”渡边面带微笑地说罢，起身离去，乘坐当天的东北新干线返回仙台了。

十津川送走渡边之后，把部下龟井等几名警察叫了过来。

“你们再去了解一下有关‘三十二会’的情况。西本和樱井去新宿的繁华地段四处打听魅力俱乐部的老板娘二宫由美和经理佐佐木彻的消息，什么消息都要搜集。你们去的时候带上嫌疑人的照片，如果那个戴太阳镜的男子是罪犯的话，或许有人认得他。”

“明白。”年轻的西本和樱井两个人答应了一声，便消失在暮色降临的街道上。

“日下和田中，你们俩去大东电影制片厂。罪犯从大东电影制片厂偷了一辆道具警车和两件道具警服，你们再去核实一下。”

“您认为大东电影制片厂和这个案子有关系吗？”日下一本正经地问道。

十津川摇了一下头：“不，大东电影制片厂本身和这个案件应该没有关系，可是，一般的人通常不会知道电影制片厂里有拍电影或电视剧用的警车和警服，即便知道，也不会清楚那些东西放在什么地方。所以，我认为罪犯是非常了解大东电影制片厂的，或许罪犯中有一个人是大东电影制片厂的内部人员，或者是最近从制片厂辞职的人。”

“明白了。我们去查。”田中说道。

“你们也把照片带上。”说罢，十津川把日下和田中送出门去，转身对龟井说道，“龟井君，咱们也走吧！”

“去哪儿？”

“我想再查一下死者田名部祐二和八木慎一郎，尤其是那个八木慎一郎。”

5

八木慎一郎曾住在调布市内的一座公寓里。此前西本警官曾经去过公寓里八木的房间，并找到了一些书信和照片，但没有发现与案件有关系的东西。而此时，八木的房间里还是当时的原样。六张榻榻米大小的房间有厨房和卫生间，外加一个小阳台，即所谓一厨一卫的房间。

管理员打开了房门，十津川和龟井走了进去。夏天还没结束，酷暑依然猛烈，所以当他们走进这个长时间无人居住的房间，立时感到一股闷热。

龟井打开了窗户，周边还是一片片的农田和空地，微风从窗外吹进室内，一下子令人感到神清气爽。

“从自己工作的互助银行里贪污了一亿日元的家伙，生活却过得很简朴哟。”

“也许是出于谨慎才这样的吧？”

“莫非他把贪污来的钱全都投进了‘三十二会’？不然为什么房间里连个存折甚至现金都没有？”

“大概是的。”十津川警部点了点头。

“那么这个家伙为什么没参与到这起敲诈案中呢？我实在是百思不得其解。田名部投了六百万日元，虽说数额不算少，但是不至于太过心疼，所以他不参加勒索国铁的计划而毅然决定返回老家是可以理解的。可是，那个八木慎一郎毕竟投进了一亿日元啊，而且那不是他自己的钱，是银行的钱，所以他应当拼命也要弥补损失才对呀？”

“我不那样认为。”

“为什么？”

“八木慎一郎是一个胆小的人。”

“他却贪污了一亿日元啊。”

“再胆小的人也会贪污，只不过与胆大的人做法不同而已。”

“说来听听？”

“八木慎一郎原本只是打算向银行‘暂借’一亿日元去投资，只要赚到钱就马上把本钱还给银行。”

“可是，目前他被杀了，胆小也好，胆大也罢，结果都是一样的。除非他把罪犯的姓名写在了哪里。”龟井说道。

于是，他们找遍了屋子的角角落落，却丝毫没有发现。

“真是白忙活。”龟井失望地说道。

十津川双臂交叉在胸前默默地思考着。

“如果你是八木慎一郎，你会把贪污来的一亿日元全部交给俱乐部的老板娘投资吗？”

“当然不能。”龟井摆了摆手。

“为什么？反正那是白来的钱。”

“毕竟是一亿日元啊。投资给俱乐部的老板娘也未必能保证赚钱，所以我才不会把一亿元全投进去呢。”

“我和你的想法一样。我认为八木不是胆小的人，而是个谨慎的人，所以，他也不会把钱全部投进去的。如果是你的话，你怎么分配这一亿日元？拿出多少去投资？”

“用一半五千万投资赚钱，另一半存在银行里吃利息。”

“可是，西本警官调查时并没有发现他的存折和银行保险箱的钥匙。”

“是啊。”

“八木慎一郎二十五岁了，也到了结婚的年龄。虽然不知道他有没有女朋友，可是这个年龄的男子最想要的是什么？”

“这个嘛，应该是车吧？可是，现在任何人都买得起车呀。那就应该是房子，因为拥有自己的房子是现在男人一生的梦想。”

“言之有理！龟井君，八木贪污了一亿日元，并没有全部用来投资，而是为将来着想买了房子。这才是一个小心谨慎且心中以房子至上的年轻人应该有的想法。”

“可是，没发现有土地证和房产证啊？不知道他是不是在哪里买了房子。”

“我觉得应该是在他的老家。八木慎一郎是哪里人？”

“听西本刑警讲，他好像是浜松市人。”

“好吧，明天咱们就去浜松。”

6

西本和樱井二人来到了新宿。

他们走进了那家叫作“枫”的酒吧，向井本静子出示了警官证，结果她很不耐烦地说：“怎么又来了？”

“不要这么说，希望你能配合我们。”年轻的西本挠着脑袋说道。

一旁的樱井摘下眼镜，用手绢擦着镜片。

井本静子点上一支烟，然后问道：“还是问魅力俱乐部老板娘的事吧？我已经找了她和经理佐佐木的照片，交给那个名叫十津川的警官了。”

“这个我们知道。可是我们非常想知道那两个人的去向，你听到什么消息了吗？”

“啥消息都没有。”井本静子冷冰冰地答道。

西本拿出那个戴太阳镜的男子的照片给井本静子看。

“你知道这个人吗？也许他是魅力俱乐部的客人。”

“又是这个人？”她一边念叨着一边仔细地看着照片，“看着有点儿像佐佐木。”

“等一下。”西本说罢，急忙拿出二宫由美和佐佐木彻并肩的合照。

这张照片就是井本静子交给警察的那张。二宫由美身穿和服，佐佐木彻则身穿俱乐部经理的黑色西服工装，领口戴着蝴蝶领结。

“不是很像吧？发型明显不一样。和二宫由美在一起的这张照片上他留的是运动头啊。”

听西本这么一说，井本静子笑着说道：“佐佐木这个人，明明一个大男人却喜欢戴假发，还喜欢乔装打扮，我就经常上他的当，被他吓一跳呢。话说回来，这个人的鼻子和嘴角倒是挺像佐佐木的。这个人的头上一定是戴了假发，头上戴假发又戴上了太阳镜，这是化了装的。”

“佐佐木是个什么样的人？”

“他很喜欢老板娘，这一点我敢保证。”

“他的性格怎么样？比如，是暴躁呢，还是稳重呢？”

“暴躁的人可当不了经理。我不记得他发过火，不过，他也不是窝窝囊囊的人。有一次店里来了几个无赖撒酒疯，佐佐木当时冲了上去，三下两下就把他们打到店外去了。”

“原来如此。这么说他是一个既冷静又刚强的人。”

“有点儿让人害怕。”

“另外，听说二宫由美也曾劝说你加入‘三十二会’。”

“嗯，因为我也是昭和三十二年出生的，所以她也劝过我，可是，我因为担心就没有加入。后来魅力俱乐部到底还是倒闭了吧。”

“你说你记得‘三十二会’的会员里还有姓永井和青木的人，是真的吗？”西本问道。

“也有其他客人入会，可是，我只记得青木和永井这两个人。”

“能给我们讲一下他们俩的情况吗？他们两个是什么样的人呢？先说说永井吧，既然是‘三十二会’，那么他自然也是昭和三十二年生人啰？”

“永井大概有三十五六岁。最初规定会员要跟老板娘一样都是昭和三十二年生人才行，可是到了后来，只要是愿意跟着她干的人就不限制年龄了。”

“原来是这样。三十五六岁，他是干什么的？”

“听说他是在中野车站附近经营一家企业。当时他老婆刚死了不久，他好像是看上了老板娘，为了博得老板娘的欢心所以才给她投资。”

“魅力俱乐部倒闭之后他还来吗？”

“再也没来过。传说他在中野的企业也不行了。”

“再说一下青木吧。他是做什么职业的？”

“他是开电器店的。”

“你肯定吗？”

“肯定。因为知道他是开电器店的，我还让他到我的住处帮我修理过干燥器呢。”

“他多大年龄？”

“二十五六岁吧。他上大学的时候是打棒球的，人挺活泼。对了，青木对阿忍有意思。”

“阿忍是谁？”

“魅力俱乐部里的女孩儿。店里一共有五六个女孩儿，阿忍是最年轻的，我记得她好像是十八九岁。”

“我们想见一见他们俩，你知道他们现在在哪儿，近况怎么样吗？”

“不知道。听说‘魅力’关门以后阿忍去了一家叫‘游戏女郎’的洗浴中心，可是不知道真假。但我知道青木是阿佐谷一家大电器店老板的儿子，他们家的店有三层楼呢。”

“我们到那里去看看。”西本对樱井说道。

7

西本和樱井先去了位于新宿舞伎町那家名叫“游戏女郎”

的洗浴中心。他们找到店长打听情况，得知那个叫阿忍的姑娘全名叫宫本忍，曾在店里干过，不过一个星期之前突然辞职了。

“她打来一个电话说辞职不干了。她是一个很直爽的女孩儿，客人也很喜欢她。我极力挽留她，可是她说有了男朋友，男朋友不让她做下去了。”中年的店长神色遗憾地说道。

店长又说他曾去阿忍位于四谷三丁目的公寓找过她，可是她已经搬走了。不过店里有阿忍填写的履历表和照片，照片上十九岁的阿忍脸上充满稚气。

西本和樱井借了履历表和照片，起身赶往阿佐谷。他们乘坐中央线在阿佐谷下了车，向站前的交警打听附近是否有一家叫作“青木”的电器店。

“前面就有一家青木电器店。嗯，是三层楼，买卖很红火。”年轻的交警边说边给西本他们画了一张地图。

时间已经快到晚上 9 点钟了，他们担心闭店，于是加快脚步赶到了那里。青木电器店灯火通明，电器产品摆到了便道上以招揽客人。

由于临近夏末，店铺打算清仓出售空调，所以到处贴着“赔本价”“大甩卖”之类的标签。

感觉这里是综合电器商店，在二楼还开辟了个人电脑的专柜。

西本和樱井见到了店长青木幸平。虽然他已经年过六十，不过头发依然浓密，而且气色很好。

“您有一个二十五六岁的儿子吧？”西本刑警直截了当地问道。

青木一听，瞬间皱起了眉头问道：“琢二那小子又干什么了？”

“原来他叫琢二啊。他是不是常去新宿的魅力俱乐部？”

“嗯，正是我的二儿子琢二。”

“我们想见他一面，他现在在什么地方？”

“他离开这个家了，不知道他在哪儿，我也不想再见到他。”

“怎么会这样？”

“我大儿子浩一是个本分的孩子，可是这个琢二看上去老实，却总想一夜之间发大财。他听说有个赚钱的机会，一下子就拿走了店里八百万元钱。他是被那个俱乐部的老板娘给诓了，八百万元到底打了水漂。我跟他说世上哪有天上掉馅饼的事，骂了几句，他就摔门走了，到现在也没回来。”

“他什么时候走的？”

“有半个月了。他现在在哪儿，怎么样了？”

“后来再也没跟家里联系过吗？”

“没有。来过一次电话，却没吭声。是我老伴儿接的，她说那一定是琢二打来的。”

“有琢二的照片吗？给我们看一看。”

听了樱井的请求，青木从里屋拿来两本厚厚的相册。看来老青木是把“儿子的照片”错会意成“儿子拍的照片”了，拿来的是琢二拍的照片，不过这一错误意外地帮了西本他们的忙。

看来青木琢二非常喜欢拍照，拍了许多和朋友在一起的照片。西本他们翻看着相册，不仅发现其中有宫本忍和“枫”的老板娘井本静子的照片，还有“魅力”老板娘二宫由美和经理佐佐木彻的照片。

“我们想借用一下这些相册。”西本向老青木说道。

“没问题，可是我想知道那小子到底干了什么。”老青木担心地问道。这时他的脸上失去了精明商人的神态，转而变成一位平凡父亲的面容。

“目前还不知道。”

“可是，你们不是正在调查吗？”

“是的，不过目前还不知道您的儿子是否与事件有关。如果您有了他的消息，请马上与我们联系。”

8

日下和田中两位警官来到了大东电影制片厂。

曾经可以同时拍摄几部大制作影片的红红火火的电影厂，如今四个摄影棚只启用了两个，而且只能拍摄一些电视剧。

“（20 世纪）50 年代是电影的黄金时期，那时可真好！”电影制片厂厂长带着惋惜的语气对日下和田中说道。

这位厂长一点儿也看不出是艺术家，身材魁梧，倒像是一名相扑力士。虽然他唉声叹气，但看起来并不伤感。

“我们想了解一下这里的道具警车。”

“唉，那辆车真是给你们添麻烦了。抱歉抱歉！”厂长大声地道着歉。

日下只是苦笑了一下，问道：“厂里有几辆做道具的警车？”

“十辆。”

“有这么多？”

“因为最近刑侦题材的电视剧多了起来，所以经常使用的就有五六辆。”

“都放在停车场吗？”

“嗯。”

“外人不会很容易就偷走吧？”

“那当然了。每次使用都得出具通行证，大门口还有保安，如果没有通行证是出不去的。”

“那熟悉厂里情况的人不就容易得手吗？”

“也许吧。不过，我们厂里的人不会干这种蠢事的。两年前倒是有一个演员，因为喝了酒就趁着酒劲儿把警车开出了厂子，结果被警察给抓了，从那以后就再也没有发生过类似的事情。”

“不，我不是怀疑现在厂里的员工，而是最近因故辞职的人也许会作案。”

“你这么说我想起来了，听保安讲，有一辆车因为有通行证就放他出厂了，那个假通行证非常逼真，上边还盖着私刻的我的印章。”

“厂里有最近辞职的人员名册吗？一年之内的就可以。”

“应该有。”

厂长叫来人事课课长，并拿来了一份名册。日下和田中看了名册，发现最近一年里从该电影制片厂辞职的只有三个人，于是，又要来了三个人的履历表和照片。

日下他们排除了一名年过六十的人，因为这个案件不像有老年人参与其中。剩下的两个人都是二十多岁的男子。

“在这两个人里谁对汽车通行证和您的印章最熟悉？”田中刑警问道。

厂长看了看这两个人的履历表和照片，道：“这个负责照明的人不会熟悉通行证的样式和我的印章；这个人是管理部门的，他应该都熟悉。”

“这么说，就是这个叫秋本肇的了？”

“对。”

“谁跟他熟悉？给我们引见一下。”

于是，厂长把秋本过去的上司管理课课长叫来了。

“一提起秋本肇，我这气就不打一处来。”

这位管理课课长年龄在三十五六岁，一听到日下他们打听秋本肇就满脸不悦。

“为什么？”田中追问道。

“我看他又年轻又能干，就非常信任他。听说他在大学里是打橄榄球的，性格开朗，不为小事斤斤计较。有时我们还一起喝点儿酒什么的。可是，不知道为什么他突然就辞职了，而且事先连一个招呼都没跟我打，我觉得他太不尊重人了。”

“你和他去新宿的魅力俱乐部喝过酒吗？”

听到日下的问话，管理课课长吃惊地问道：“您怎么知道？别看秋本年纪轻轻的，可总爱去那样的店。那家店不太大，可是价格相当贵的。唉，反正他有他爸爸的遗产，所以他经常去也去得起。”

“有遗产？”

“我听他讲过，他爸爸是千叶县的地主，给四个孩子留下了一大笔遗产，秋本是最小的儿子，得了不是三千万就是四千万元，他用这笔钱买了公寓。他辞职以后我去过那个公寓，发现已经被他卖掉了。当时我感到挺吃惊，心想大概是他因为什么事情需要用钱吧。可是，即便如此，这么大的事也该跟我说一下才对啊。”

“您从他那儿听说过‘三十二会’这个名字吗？”

“‘三十二会’是什么？”

“就是由生于昭和三十二年的人组成的会员组织。”

“我是昭和二十年出生的呀。”课长笑着说道。

“秋本是什么时候辞职的？”

“一个月前。”

“后来你见过他吗？”

“没有，一次都没有见过。他把公寓卖了之后就不知道去哪儿了。我有时候想找他，可是没有联系方法。”

“我最近看到过他。”厂长突然插了一句。

“是吗？”日下将目光转向了厂长。

“可是我没跟他说话。前几天我到大宫去送一个回盛冈的朋友，那天看到了他。我觉得那个人肯定是秋本。”

厂长一边笑一边说着，可是，日下和田中却严肃起来，问道：“在大宫看到的？”

“是的。在东北新干线检票口附近看到的。”

“您记得是哪一天吗？”

“嗯，是哪天呢？”说着，厂长拿出了一个大号记事本查找起来，“啊，是8月19日的傍晚。19日星期四。”

如果是8月19日的话，那正是案发的前一天，这个线索应该很有价值。

“就是说秋本当时是从大宫上的东北新干线列车？”田中问道。

“是的。他跟我那位朋友坐的是同一辆‘山神号’列车。我本来想跟他打个招呼，可是和他在一起的还有别人，所以我就没吭声。”

“同行的是什么人？”

“两个年轻人，年龄和他差不多。我也没听清他们当时在说什么，只是在远处看了他一眼。”

日下和田中了解完秋本肇的情况，又借了他的履历表和照片，便离开了电影厂。

虽然还不能确定秋本肇和这起案子到底有没有关系，不过，他的情况算是调查清楚了。可以确定的是，他常去魅力俱乐部；一个月前突然从大东电影制片厂辞了职，在用钱上可能发生了问题；案发前一天他和两个年龄相仿的年轻男子乘坐了东北新干线下行的“山神号”列车。

日下和田中认为，秋本极有可能与这次的案件有关。

第十章 收购土地

買い占め

1

第二天，宫城县警察本部的渡边警部带着部下赶到了白石市。

他们在白石市政府首先调查了二宫由美的情况。白石曾经是伊达藩的城下町，现在人口已经超过了四万，姓“二宫”的人家一共有十六户。

经过对十六户姓“二宫”的人家的排查，警方在户籍簿上查到了“二宫由美”的名字，登记信息显示白石市西郊藏王山登山口附近有一家“二宫旅馆”，她是这户人家的次女。

二宫旅馆在二宫由美高中毕业时就因为负债过多而倒闭，一家人趁夜逃离了白石市，此后的去向就连市政府也不得而知。

“听说他们家去了东京，后来父母先后去世，至于详细的情况我们就不知道了。”户籍员对渡边说道。

从户籍簿上的记录得知，二宫由美生于昭和三十二年的10月6日。由此看来，正是因为自己生于昭和三十二年，所以二宫由美成立了“三十二会”。可以肯定这个二宫由美就是涉案的那个女人。

渡边派了两名警员到二宫旅馆一带去打听情况，因为二宫由美或许会回到自己的老家。安排妥当之后，他去见了市政府计划课课长。

“新开线通车之后，这里的地价是不是上涨很多？”渡边一边看着白石市周边地图一边问道。

计划课课长片平眨动着眼镜片后边的小眼睛答道：“不得了，简直涨疯了。”

“本地的地产商会都忙着囤积土地吧？”

“本地人再怎么折腾也赶不上东京来的大资本哟。有一家叫立野兴业的公司，他们的动作最大，好地段差不多都被他们买下了，结果弄得城市规划都没法进行了，政府也很无奈。”片平说着耸了耸肩。

“立野兴业？是立野由太郎的吧？”

“就是他。最让人吃惊的是立野兴业获得信息的能力太强了。听说立野由太郎与政界关系密切，所以连我们地方政府都不知道的信息他却了如指掌。这就没办法了，只能看着他赚得流油。”

为了证明自己的说法，片平课长举了东北新干线白石藏王站的例子。因为东北新干线从盛冈到大宫的所有车站都是与旧线路共用的车站，所以，人们当然认为白石站也会与旧线路共用车站。于是，就有人开始收购白石站周边的土地，导致地价一路飙升。可是，最终建成的线路却是从距离旧线路的白石站八百多米远的地方通过的。

令人惊讶的是，新干线沿线的土地早就被立野兴业买下了。很显然，立野兴业事先就得到了消息。

“不光是立野兴业，”片平又开口说道，“也有有眼光的人买了土地。可是后来有传言说车站不建了，国铁不是也宣布不在仙台和福岛之间建车站了吗？如果不建车站，铁路沿线的土地非但不会涨价，反而会因为噪音公害等问题贬值，于是，立野兴业用很便宜的价钱把那些土地买了下来。都说了不建车站了，可是，立野兴业刚买完土地不久，竟神不知鬼不觉地建了一个白石藏王站。这根本就是‘政治车站’啊。立野兴业因此大发了一笔横财。”

“你们掌握那些被立野兴业压价买走土地的人的姓名吗？”

“哎呀，这个我们不知道。你们去问问那些卖地的农民，也许能打听到一些消息。”片平说道。

2

渡边开着警车来到了白石藏王站。

虽然白石藏王站周边现在还很冷清，但是，预计新干线会带来客流，因此已经有土特产店和饭店准备营业了。

白石藏王站与白石站相距八百多米，国铁却减少了旧线路的列车次数，其意图大概是让那些去藏王的旅客多多利用白石藏王站而非旧线路的白石站。

渡边走访了车站周边一家卖地的农户。

“我家的地卖给了白石市内的太阳不动产。”农户家的男主人说道。

“是本地的不动产商吗？”渡边问道，内心感到有些意外。

对方点了点头，接着说道：“就因为是本地的不动产商，又能说会道，所以我才被他打动把地卖给了他。”

与当时的价格相比，现在的土地价格两倍三倍地往上涨，让这个农户懊悔不已。

太阳不动产公司是一家很小的公司，渡边见到了这家公司的井上经理。当问起白石藏王站周边土地买卖的事情，他那黝黑的脸一下子就气歪了：“别提那个买卖有多憋气了。”

“为什么？”

“我被立野兴业和国铁给耍了。”

“能说详细一些吗？你不是也在那一带收购了土地吗？”

井上经理给渡边递过茶来，然后继续说道：“其实那些地我是受人之托买的。”

“噢，什么人？”

“从东京来的一男一女，好像是夫妇，不让我透露他们的姓名。他们带来三个提包，里面装得满满的全是一万日元的钞票，一共是三亿元哟。他们让我用那些钱把现在白石藏王站一带的土地买下来，还说不问价钱，再贵也买，所以我就帮他们买了。”

“原来是这样。”渡边警部点了点头。

“那时候还没确定东北新干线究竟要从哪里通过，大家都认为应当是旧线路的白石站，谁都想不到是在差不多一千米远的地方，所以我觉得很容易花个便宜价就能买下来的。可是，没有料到一个不知名的不动产商先下手收购了那片土地，事后才知道是立野兴业干的。因为东京来的那两个人说不管多贵也要买，所以我就花了三亿元买下了。”

“后来东北新干线不是真的从那儿通过了吗？”

“可不是嘛。如果他们赚了大钱，我这个外人也会替他们高兴的。可是，后来国铁却宣布不在那里修车站，还说在仙台和福岛之间不修建车站。如果不修建车站的话，那儿的土地就没有什么利用价值了。得知这个消息，东京来的那两个人脸都变色了。我还跟他们一起去铁建集团问过好几次，人家都说不在那儿建车站。东京那两个人说，钱是从别人那里集资来的，必须要还的。整天哭哇，最后一咬牙赔钱也要把地卖掉，而立野兴业看准时机，狠狠压价又把地买回去了。毕竟当初不计成本花了高价，这么一折腾，两个人一下子就赔了两亿元。”

“两亿元！”

“你听我说啊，警察先生，后来又决定在那里建车站了，就是现在的白石藏王站，可是之前明明说不建车站的哟。这不完全是个‘政治车站’吗？没准儿是立野兴业左右了政治家硬建了车站。对于东京来的那两个人来说，简直就是晴天霹雳哟。”

“东京来的是这两个人吗？”说着，渡边拿出二宫由美和佐佐木彻的合影给井上经理看。

井上非常肯定地点头说道：“嗯，就是这两个人。”

“后来你跟他们还有过联系吗？”

“再也没有联系过。那三亿日元有什么说道吗？”

“没有。”

“那我就放心了。”井上说道。

3

十津川和龟井乘坐东海道新干线“回声号”列车来到了浜松。这里就是八木慎一郎的老家。

因为八木慎一郎的父母已经过世，所以他的遗体是由住在浜松市内的弟弟和弟媳认领的。

十津川和龟井打算去见那对夫妻。他们从浜松车站打了一辆出租车，车行十二三分钟之后来到了海边，那里有一家土产商店。

酷似哥哥八木慎一郎的弟弟八木幸二郎，脸上明显带着不悦的神情。“你们还认为我哥哥是杀人凶手吗？”说罢，瞪着十津川接着说道，“那样的话，我就没有什么好说的了，请你们回去吧！”

“事情是这样的，你哥哥的那个案件可能需要重新调查，今天我们就是为了这个事情来找你的。”

听到十津川这么一说，八木幸二郎狐疑地问：“真的吗？”

“是的。我们原来认为你哥哥在杀了人之后自己又溺水身亡了，可是，现在看来，他可能也是被人杀害的。”

“我觉得也是。哥哥胆子很小，他绝对不敢杀人的。”八木幸二郎的表情有了缓和。

“你哥哥在浜松盖房子了吗？”龟井问道。

“有哇。两年前他突然回到了浜松，花了五千二百万日元盖了一个新房子，还说将来得回到这里住。”

“能带我们去看一下那个房子吗？”

“没问题。”

八木幸二郎把店铺的事情交代给妻子之后，便带着十津川他们向房子的方向走去。

三人走了五六分钟，来到一栋很漂亮的钢筋混凝土的二层楼前。房子有气派的门柱，还带有车库，给人一种年轻人显示衣锦还乡的感觉。

“这个房子是我们这一带比较漂亮的。”八木幸二郎说完又突然变得十分沮丧，“可是，后来我才知道哥哥是从他工作的互助银行贪污了一亿日元。把这个房子卖了也没堵上那个窟窿，剩下的就由我和亲戚们凑钱帮他一点儿一点儿地还，真不知道哪年才能还清哟。”

十津川凝神看着那栋漂亮的白色二层楼，心中默想：这栋房子对于死去的八木慎一郎来说真是一座幻梦之城。大概当初他以为自己一定会得逞，所以把贪污的一亿日元，一半用来建房子，一半投到了“三十二会”。不出意外的话他能获得两倍或者三倍的回报，届时返还一亿日元也不迟。

八木慎一郎一定是那样想的，真可谓如意算盘。可惜他的美梦落空了，而且不单单是美梦落了空，连自己的性命都搭进去了，还连累兄弟夫妇和亲戚替他还债。

“虽然八木慎一郎干了坏事，但他想在这里盖大房子的心情我非常理解。”龟井平静地说道。

“龟井君，你也想在青森老家盖一栋这样的房子吧？”

“常常想啊，不过，现在我决定放弃了。”龟井笑着说道。

4

十津川和龟井刚回到东京，就接到了宫城县警察本部渡边的电话。

“果然是‘三十二会’买了白石藏王站周边的土地。”渡边激动地说道。接着，他把调查到的详细情况一一做了汇报。

“所以，他们才痛恨国铁和立野兴业啊。”十津川说道。

“这样的话，他们的动机就明确了，不过又出现了另外一个疑点。”

“什么疑点？”

“据太阳不动产的人说，‘三十二会’损失的是两亿元，可是，他们向国铁勒索的金额却是一亿两千六百万。按理说他们勒索的金额多于损失才合理，为什么勒索的金额反倒少了呢？莫非他们要向立野兴业索要剩余的部分？”

“不对。要是这样的话，我认为他们在50次‘山神号’列车上安装炸弹时就可以向立野兴业提出要求的，因为立野由太郎就在那趟列车上，所以向他索要多少赎金都可以。起初我的想法跟你是一样的，不过，现在我有新的想法了。大概是因为八木慎一郎和田名部两个人已经死了，所以就去除了他们俩的份额，于是就变成了一亿两千六百万元。”

“真是奇怪的规矩。”

“那是他们之间的‘正义’吧？”十津川说道。

“正义？”

“虽然这种‘正义’很奇怪，但是他们并不那么认为，他们一定认为自己做的一切都是正确的。”

“原来是这样。另外还有一点，二宫由美的确是白石市人。可是，根据此前的调查，她似乎没有回到白石市的迹象。”

接完渡边的电话之后，龟井忧心地对十津川说道：“罪犯会不会在这段时间里已经逃往海外了？”

“逃往海外？”

“是的，既然他们已经从国铁勒索了一亿两千六百万，应该不会在国内耽搁太久，分赃之后可能会尽快逃往海外的。”

“我也考虑过这种可能性，但我现在觉得可能性不大。不过，为了以防万一，还是立刻发布通缉令吧。”十津川说罢，将目前掌握的“三十二会”成员的名单写在了黑板上：

二宫由美
佐佐木徹
青木琢二
永井某
宫本忍（入会与否不详）
秋本肇（入会与否不详）

有关这六个人的情况，十津川他们首先联系了外务省，弄清楚那六人是否申请了护照；二是联系了出入境管理事务局，确认他们是否已经于8月20日以后离境。

亀井认为如果他们是罪犯，就会带着一亿两千六百万日元逃往海外。因为近来逃往海外是很容易的事情，有的罪犯就逃到了美国、巴西或者东南亚等地。由于日元升值，日本人在国外生活比在日本国内更自在。

然而，调查结果是六个人当中只有宫本忍和青木琢二两个人有护照，所有人都没有出国。因为不知道永井的全名，所以调查起来很不方便。

“没想到情况正如你所料啊，你是怎么想到的？”龟井佩服地问十津川。

十津川笑了笑说：“其实我也不是很确定，但是，我想他们大概率不会逃离日本。就像刚才说的那样，他们之所以有零有整地索要了一亿两千六百万日元的赎金，就是基于他们那种奇怪的‘正义感’。恐怕他们认为自己提出的要求是正当的，是从坏人那里取回自己的钱，也就是说，从坑害自己的家伙那里把钱要回来。既然如此，就没必要逃往海外，或者他们也没想逃亡海外。”

“可是，他们还杀了两名同伙和无辜的女职员啊，这是哪门子正义呢？”

“是的。大概他们认为杀死同伙和无辜女职员应该怪罪立野兴业和国铁吧。”

“简直是狗屁逻辑。”

“人就是这样的动物，为了使自己的行为正当化总是百般给自己找理由，甚至有的人认为只要动机正确，做什么都是正当的。”

“下一步我们怎么办？毫无疑问，‘三十二会’的会员就是这次案件的罪犯，只是关于这五个人和青木琢二的恋人宫本忍的线索还毫无头绪。”

“龟井君，你认为该怎么办？”

“嗯，或者接着往下调查，或者举行记者招待会，把‘三十二会’的消息透露出去，给他们施加压力。一旦他们知道自己已经被警察盯上，就会有所行动的。”

“可是，如果公布了‘三十二会’的罪行，万一我们的推断有误，三上部长就会担心警察的威信会受到影响。他可是摸不着石头决不过河的人啊。”

“是啊，部长不会有好脸色的。”龟井点头应道。

十津川却笑了笑说道：“好吧，举行记者招待会，公布‘三十二会’的名字！”

“啊？”

“去对课长讲，让他马上召开记者招待会。”

“可是，部长不会高兴的。”

“所以要先斩后奏，如果像部长那样谨小慎微的话，就无法给罪犯造成压力。”

5

本多课长听了十津川的意见后，没有马上表示同意。

“说服三上部长可不容易。你们认为‘三十二会’的成员就是罪犯，证据确凿吗？50次‘山神号’列车上的一个乘客拍了一张照片，然后仅凭魅力俱乐部的女招待说照片上的人像是佐佐木彻，你们就说罪犯是佐佐木彻本人？想用这个来说服部长，可能吗？”

“所以，就有劳课长您了。只要‘三十二会’二宫由美等人的行径见诸报端，他们必定会有所行动。或许会发生动摇引起内讧，说不定还会有人向警方投案。”

“这就是你的目的吗？”

“没错。他们得到了一亿两千六百万的巨款之后，肯定躲藏到了某处。我打算引蛇出洞。”

“万一我们公布了‘三十二会’的会员就是罪犯的消息，事后却发现他们与案件无关，那样的话你该怎么办？即使我不问你，三上部长肯定也会这么问的。”

“请您告诉他，如果是那样的话，我就剖腹自杀。”

“好吧，你有这样的胆量就好。我向三上部长通报，立即召开记者招待会。”

本多课长欲起身离去，又回过头来问十津川：“我说，你懂剖腹的规矩吗？”

“一点儿也不懂。”

“我看也是。”本多课长笑着向刑事部部长办公室走去。

没人知道本多课长是怎样说服三上部长的，这位课长少言寡语，却有一副三寸不烂之舌，只要他一开口总能把对方说动。

不过，三上部长提出了以下条件：

向记者们介绍调查过程的时候，不得提及立野由太郎和立野兴业的名字。因为罪犯勒索赎金的对象始终是国有铁路公司，而不是立野由太郎和立野兴业。

当然，三上部长给出的只是表面上的理由，其实他担心的是势力强大的立野兴业一旦有了负面消息，他这个部长不好办。

两个小时之后的下午 4 点钟，警方召开了记者招待会。

招待会上主要由十津川向记者们介绍情况，他特意使用了肯定的语气说 8 月 8 日的谋杀案无疑就是本次案件的伏笔，“三十二会”的成员就是本次案件的罪犯。

不出所料，记者们果然兴奋起来。大概明天各家晨报的头版会用整版篇幅报道这一消息，电视台的晚间新闻节目也会播报的。

警方还将二宫由美他们的照片副本发给了各个媒体。

“你们准备得还挺周到啊。”虽然有的记者话里带有讽刺和嘲笑，但是整体都认为警方提供了有新闻价值的消息。

和十津川预料的一样，晚 6 点的电视新闻节目播出了这些消息。第二天，各家晨报也都在第一版整版刊登了报道。

“大概‘三十二会’的会员们现在也在看着这些报道呢。”十津川看着摊在桌面上的报纸说道。

“问题是他们受到刺激之后会做出什么举动。”龟井抱着膀问道。

“我认为他们会因为走投无路而选择逃往海外。虽然只有两个人有护照，但是，他们手里有钱，可以办假护照，所以，我打算派人到东京和大阪的机场去监控。”

“要是他们按兵不动的话就会很麻烦。”

“是的。可是，龟井君，报纸和电视这么铺天盖地地报道，你认为他们还能沉得住气吗？”

6

事情的发展完全出乎了十津川的意料，“三十二会”没有任何动静。

警察在追踪，电视台、报纸等媒体也紧盯不放，可是，二宫由美他们却仿佛人间蒸发一般，丝毫没有动静。

警方的调查依然在毫不懈怠地进行着。首先，查明了永井的全名叫永井恭，继而又找到了已与他离婚的妻子，十津川还与她见了面。

她和永井恭是恋爱结婚。当初两个人感情很好，可是，自从永井常去新宿的魅力俱乐部以后，夫妻关系就恶化了，最终女方提出了离婚。

“我不是因为嫉妒老板娘，而是因为永井恭变得让我越来越感到不安，所以，我才和他离了婚。”永井恭前妻说道。

永井恭荒废了自己的工作，全身心地投入到“三十二会”的事务之中，由此可知，“三十二会”和魅力俱乐部的老板娘二宫由美果然很有魅力。

“正像我担心的那样，他到底把店给弄垮了。”永井恭的前妻耸了耸肩对十津川说道，语气中没有丝毫同情，大概在他们离婚之时，爱情就已经消亡了吧。

她手里还有永井恭的照片，十津川把照片借了去，同时还弄清了永井的老家在前桥，于是立即发出了通缉令。

另外，对其他五个人的老家、亲戚、熟人和朋友的所在地也发了通缉令，并派遣警员进行监视，各个机场的监控也没有丝毫懈怠。然而，两三天过去了，“三十二会”依然没有人露头。

果然，随着时间的推移，三上部长的情绪越发不好了。因为根据十津川警部和本多课长所言，一旦召开了记者招待会公开了“三十二会”的情况，罪犯就应该现形的，可是几天过去了，却没有一点儿动静。

8 月 26 日，十津川警部和本多课长被三上部长叫到他的办公室。

“你查到一星半点儿罪犯的线索了吗？”三上部长用嘲笑的眼神看着十津川。

“很遗憾，还没有。”十津川坦诚地答道。

“那是怎么回事？你，还有本多，不是说一旦召开记者招待会，曝光‘三十二会’的会员，并说明二宫由美他们就是罪犯，媒体就会大肆报道，罪犯就会像藏在洞里的狐狸一样被引出来吗？”

“是的，可是，不知道为什么他们没有动静。”

“没把握的事就不该去干。到时候人家会指责警方：既然知道了罪犯的姓名为什么不逮捕呢？最要命的就是你说罪犯有七个人，可是最后一个罪犯的名字你还不知道呢吧？”

“不是一个人，应该是两个人。因为年龄原因，宫本忍与‘三十二会’没有关系，她只是青木琢二的恋人。她只不过是跟着青木一起逃走而已，所以，我认为她与本案没有关系。”

“本多！”三上部长把目光转向了本多课长，“今天是记者招待会之后的第三天了，你知道吗？”

“当然知道。”

“你，还有十津川，在联合调查会议上你们不是说只要三天就能找到证据，证明‘三十二会’的人与本案有关吗？”

“的确说过。”

“可是，开完调查会议已经四天了，到现在连一个‘三十二会’的人影儿都没见到，我看这事有点儿悬，你们到底是什么意思？”

“我坚持认为‘三十二会’的成员肯定是罪犯。”

“可是，你根本就没有抓到他们的狐狸尾巴！”

“是的。”

“接下来你们怎么办？你们已经说知道了罪犯是谁，又开了记者招待会，如果进行不下去的话，让警方的脸往哪里放？”

“我估计罪犯们现在也不知所措，于是便潜藏起来观望动静。”十津川说道。

“那么接下来究竟该怎么办？如果他们一直潜藏不露你就抓不住他们吧？”

“我认为他们正在制订下一步的计划，我相信在他们开始实施计划的时候就是抓捕他们的最好时机。”

正在十津川信心满满地讲话的时候，桌上的电话响了。三上拿起了听筒，然后对十津川说：“找你的。”

“喂。”十津川对着话筒说道。

“我是青木。”电话里是一个男人的声音。

十津川立刻听出是青木琢二的父亲——开电器商店的青木幸平的声音。

“什么情况？”十津川问道。

“上次见面时，你不是说一旦琢二有什么消息就跟你联系吗？”青木幸平的声音很沮丧。

十津川却十分兴奋地追问道：“是的，您儿子有什么消息了吗？”

“嗯，就在十五六分钟之前，他说要去北海道的登别。”

“登别？那里有您的亲戚吗？”

“没有，我们家在北海道没有任何关系。”

“那他为什么要去登别？他说理由了吗？”

“没有，不过，他好像是带一个女人一起去。”

“您怎么知道的？那个女人也接听电话了吗？”十津川之所以如此急切地询问，是因为整整三天全无消息，令他十分焦急。

“没有，是青木琢二给我打电话的时候，我听到他身边有年轻女人的声音。”青木幸平说道。

“您听到那个女人说什么了吗？”

“说‘快走吧’，听语气好像是在催促琢二。”

“您儿子说没说电话是从哪儿打来的？”

“我问他当时在哪儿，结果他没有回答就把电话挂了。不过……”

“还有什么？”

“我还听到有各种声音，有说话声、电车声，还有其他乱七八糟的声音。”

“我再问您一遍，您的儿子不是说现在在登别，而是说要去登别，对吧？”

“嗯，是的。”

“他没说些别的事情吗？比如，他的同伴，或者报纸上报道的案件？”

“别的什么也没有说。我也想马上去一趟登别。”

“您不必去，我们去。”十津川说道。

第十一章 绑架

誘拐

1

青木琢二开始行动了，与他同行的女子可能就是宫本忍。

正如他父亲所说，青木琢二家与北海道没有关系，所以在那里既不会有亲戚也没有熟人，可是宫本忍在札幌[1]有亲戚，因此对登别应该是了解的。

十津川马上联系了北海道警方，请求他们在登别周边地区布控，可是，他还是不放心。

“你们也马上到登别去。”十津川对龟井和西本二位说道。

十津川并非不相信北海道警察，但“三十二会”的会员毕竟是勒索了一亿两千六百万元巨款的罪犯，所以这个抓捕任务责任重大。

龟井和西本二人决定乘坐 12 点 10 分由羽田机场飞往札幌的全日空航班去北海道。十津川亲自驾车将二人送到了机场。

“十津川警部，您认为‘三十二会’的其他人也会逃往北海道吗？”龟井在车中问十津川。

---

① 札幌，位于日本北海道的都会城市。

“不好说。也许是分散逃跑，也许是全部逃到北海道。”

“或许他们事先有约不许对外讲，可是青木琢二却给他父亲打了电话。”

“因为电话的背景里有人说话的声音和电车的声音，我想他大概是在车站打的电话。因为各个机场都有带着他们照片的警察，所以他们打算乘火车或者青函渡轮去登别。如果他们是在上野打的电话，那么，你们将先于他们到达登别。”

“也许他们会隐藏在北海道的温泉浴场，在那里等待事态平息。”西本一边看着北海道的地图一边说道。

十津川去过登别温泉。

在北海道，登别温泉一带算是开发得相当不错的地方，那里还有数家现代化宾馆。如果罪犯们选择这里作为藏匿地点的话，大概就是看上了那里的条件。如果去土里土气的乡村温泉，他们这些城里人就会很显眼。另外，温泉大都是在铁路的终点站，万一发生不测则无路可逃，而登别温泉则不然，它在室兰本线的中途车站，从那里既可以去札幌也可以去函馆。何况现在是夏天，不存在大雪封路的问题，所以也可以翻越奥罗弗莱岭到达洞爷湖。考虑到这一层地利因素，那些人或许会选择登别作为藏身地。

“总之，你们俩要打起精神来。”十津川对龟井他们说道。

龟井和西本去了札幌，罪犯还没有新动向。

龟井发来消息说他们于下午1点35分平安到达了千岁机

场，下午2点04分乘上了从千岁机场始发去登别的8次“丁香号”特快列车，预计下午2点54分到达。

在他们到达之前，十津川只有等待。十津川看着手表心中在想：无论如何，但愿在登别能抓住罪犯。

他至今还没有见过罪犯。或许在8月8日的17次“山神号”列车上见到了罪犯中的某一个，可是，即便事后看了照片他也想不起来是其中的哪一个，何况还有两个连相貌和姓名都一无所知的人。

不过，根据案发至今的情况来看，恐怕在登别也不会轻易抓到那几个罪犯。当然，十津川希望在那里把罪犯一网打尽，即便不能一网打尽，起码也要抓住青木琢二和他的女友宫本忍。可是，十津川心中却有一种隐隐的不安，他觉得即便抓住了罪犯，这个案件也未必能够了结。

2

下午3点刚过，从登别那里来了消息。

“我们现在在登别温泉的警务派出所。”亀井说道。

“发现青木等人的踪迹了吗？”

“北海道警察署的警员们在看监控时有了发现。今天上午有男女七个人来到了登别温泉，其中的一个人好像是青木琢二。

他们现在正在调查那七个人下榻的宾馆或旅馆。”

“果然是去了登别温泉。”十津川松了口气。

电话那边的龟井敏锐地察觉到了十津川此刻的心情。“警部，您不是认为他们没到这里来吗？”

“我在考虑他们是否在搞声东击西。在目前紧迫的形势之下，他们故意表明自己去了北海道的登别温泉，其实是要逃往其他地方。”

“这么说青木给他父亲打电话是故意暴露行踪？”

“可以这么说。给青木的父亲打电话就等于通知警方，这一点是他们预料之中的事情。不过，现在罪犯真到了登别，我也就放心了。”

“啊，请您等一下。”龟井停了一下，接着又激动地说道，“街里有一家竹下宾馆，他们的一辆小型面包车被人偷了。有人看到有男女数人驾车去了奥罗弗莱岭方向。”

“大概是去了洞爷湖。”十津川警部激动地说。

“我们立刻追击。”说完，龟井挂断了电话。

十津川马上打开了北海道的地图。

从登别温泉通往奥罗弗莱岭的道路弯弯曲曲，越过山岭就可以到达洞爷湖。如果到了洞爷湖就可以开车前往札幌、俱知安、苫小牧，也可以去长万部方向。而且，在那里乘坐区域线列车也是非常方便的。

大概罪犯们本打算在登别温泉躲避一时，不想警察来到了这里，于是他们便偷了汽车出逃了。

3

北海道警察署派出三辆警车追踪，龟井和西本坐在其中一辆车上。

冬季时关闭的公路，现在行驶着旅游大巴、出租车和私家车。公路两侧本该种植着北海道特色的白桦树，然而满目却是巨大的广告牌。

坐在后排的龟井探着身子紧紧地盯着前方。

“那辆小型面包车肯定会走这条路吗？”龟井问道。

坐在副驾驶的警员一边目视着前方一边答道：“肯定会。一位送客人去洞爷湖的出租车司机说他看见了竹下宾馆的那辆车，当时他看到开车的人不是他熟悉那个司机时心里还觉得有些奇怪。他说车上的乘客有男有女。”

“那就好。”龟井放心地点了点头。

“快看！”突然，开车的警员大喊了一声。

果然路前方有一辆小型面包车，车体上的“登别·竹下宾馆”几个字清晰可见。三辆警车立即打开警灯，拉响警笛，加速追了上去。

车速越来越快，很快就追上了那辆白色的小型面包车。一辆警车快速绕到面包车的前方堵住了它的去路，另外两辆警车紧跟在后面。

起初被堵住了去路的面包车还很不耐烦地想超过警车，但最终减速停了下来。

警察从三台警车上纷纷下来，龟井和西本下了车便冲向面包车，用力地敲打车门。

车门一开，龟井第一个冲了上去。

车内七名男女呆呆地看着冲上车来的警察。

“不对！”龟井沉着脸喊道。

七个人中既没有二宫由美也没有佐佐木彻，更没有青木琢二。

“你们是什么人？”龟井气恼地问道。

“这话应该是我们问你才对。”年轻旅客反呛道。

“我们是警察，这辆车是登别温泉竹下宾馆失窃的，你们怎么会在这辆车上？”北海道当地警察环视着车内的年轻人问道。

“失窃的？开玩笑吧？我们是受宾馆的人委托要把这台车送到洞爷湖去的。”另一名年轻人说道。

“胡说！竹下宾馆已经报案了。”

“奇怪呀，那人说洞爷湖边上有这家宾馆的分店，让我们把车送到那里去，运费都给我们了。”

“那个人叫什么名字？”

“是我们在室兰[①]遇到的一对情侣，男的自称是竹下宾馆老板的儿子，那个女的是他的女友，说我们可以免费住他家的宾馆，于是我们就来了。来了之后他却说已经没有空房了，没办法入住，就问我们是否愿意把面包车送到洞爷湖的分店去，他给我们出十万日元，我们几个人同意了，就把车开出来了。”

“你说的那对情侣是不是这两个人？”龟井掏出青木琢二和宫本忍的照片让几个年轻人看。

“嗯，就是他俩。”年轻人异口同声地答道。

“后来呢？”龟井刑警急切地问道。

“我们是在竹下宾馆分开的，之后的事情就不知道了。”年轻人懈怠地答道。

上当了！龟井心中暗想。自己明显陷入了罪犯设计的圈套。或许青木琢二和宫本忍从登别温泉去了相反方向的登别车站乘车逃走了。

一返回登别，龟井立即给东京的十津川打电话报告了情况：“完全被他们给耍了，果然是声东击西。”

“那两个人真是青木琢二和宫本忍吗？”

“是的。”

“让北海道警方配合，追捕这两个人。”

龟井觉得十津川并没有感到意外，心里有些不解，问道：

---

① 室兰，位于日本北海道的港口城市。

“这么说，果真像你上次通话时所说，他们在搞声东击西？”

“当时我是有这方面的担心。如果青木琢二出于亲情给他父亲打了电话，那是可以理解的。可是，如果他特意暴露自己的去向那就很可疑了，不过，也不排除他打电话时情绪激动无意中说漏了嘴。目前看来，他们确实在搞声东击西。那么问题又来了，罪犯的目的是什么？他们为什么要把警察的注意力吸引到北海道的登别呢？”

“我认为最大的可能是他们要逃往海外。本来8月8日的案件草草了结了，他们也通过挟持东北新干线旅客为人质成功勒索到了一亿两千六百万日元，没必要到海外去。可是由于我们公布了‘三十二会’的罪行，并对他们开展了抓捕，他们这才想要逃往海外。”

“完全可能。可是，除了青木和宫本忍以外其他人没有护照，而且全国各地的机场、港口都已被警方监控起来了，即使他们使用假护照也没有用，只要被认出来，他们就无路可逃，这一点你尽管放心。”

“他们会不会故伎重演在别的地方安放炸弹勒索钱财呢？”

“如果这样的话，当初劫持50次‘山神号’的时候就不是勒索一亿两千六百万元了，而是索取两亿元或者三亿元了。国铁最怕东北新干线出事故，所以，哪怕要五亿元他们肯定也会给的。”

“那么，罪犯声东击西地耍弄我们，到底是想干什么？”龟井刑警激动地问。

“具体想干什么我还不清楚，但是，或许他们已经开始行动了。”

4

和亀井通完电话，十津川便把手下的警员召集到了一起。

“登别那里发生的事是罪犯们搞的声东击西。”

十津川才说完，樱井推了推眼镜说道：“竟然利用父亲对他的挂念干这种事，真是混账透顶。”

“哼哼，他也是没有办法。问题是罪犯将警察的注意力引向登别，他们到底要干什么？或者正在干什么？”

十津川环顾了一下部下的警员，发现没有人要明确表态。

“坦率地讲，我也不知道他们的意图是什么。”十津川笑了笑，“不管他们怎么想，除了这六个人之外肯定还有一两个同伙，而这一两个同伙的姓名和长相目前我们还不知道。很明显，如果他们要有所行动，一定是名字和照片没上过报纸的人打头阵。我认为宫本忍不是他们的同伙，所以我们要再次展开调查，找到最后那一两个人，务必查明他们的姓名，弄到他们的照片。”

十津川的话音刚落，樱井和日下就起身离去了。留下的田中是个少言寡语的人，平时也不太发表自己的意见，这会儿就静静地等着十津川下达指示。

十津川对田中说道："你给国铁总公司的北野打个电话，问一下东北新干线的运行是否正常。"

在田中打电话期间，十津川坐在椅子上陷入沉思。他认为"三十二会"的成员就是罪犯，这一点没有疑问，而且越发确凿了。至于他们究竟要干什么，却没有一点儿头绪。

"警部，东北新干线运行正常。"田中报告道。

"哦。"十津川点了点头。

既然不知道罪犯的动机，那就逐一排除各种可能性。

将近晚上 7 点钟的时候，龟井从北海道打来了电话。

"我把调查青木琢二和宫本忍下落的事情委托给了当地的警方，我回东京去。"龟井说道。

"好的。登别毕竟不是他们的目的地啊。"

"二宫由美那伙人的动向有消息吗？"

"一点儿也没有，真是急死人啊！"十津川流露出少有的消沉。

龟井看了看东北新干线的列车时刻表说道："马上就到晚上 7 点了。再过二十分钟，由大宫站开往盛冈的末班列车 21 次'山神号'就要发车了。"

"目前东北新干线运行正常。"

"但愿如此。"

5

开往盛冈的21次“山神号”列车即将从大宫车站发车。

晚7点25分发往盛冈的是最后一班下行列车，之后还有到仙台的211次“绿叶号”列车将于晚8点30分出发，但是去盛冈的只有21次“山神号”。

晚7点25分，满员的21次“山神号”准时驶离了大宫站，将于晚上10点42分到达终点站盛冈。

立野由太郎带着秘书落合和引地坐在7号头等车厢里。每隔三天，立野就乘坐新干线往返于东京和盛冈或东京和仙台一次。通过这次收购土地，立野由太郎本人和立野兴业获得了巨大的收益，甚至某周刊杂志曾在报道中指出：东北新干线的开通获利最大的企业当属立野兴业。

立野不单单靠买卖土地获得利润，他还涉足宾馆业和旅游业，而且在东北新干线各车站都建了立野兴业的宾馆。其中，在盛冈车站前建的那座十四层、号称当地最大的宾馆，即将在明天开业，为此立野由太郎今晚要赶到盛冈去。仪式将在明天下午1点开始，届时会有各界名流参加，在宾馆一楼宽阔的大厅里将举行盛大的酒会。

依立野由太郎的做事风格，重大事项一定要亲力亲为，不会交代给部下办理。今晚到达盛冈之后，他还打算仔细查看宾馆的内部装饰和明天酒会会场的布置情况。

21次“山神号”在驶过新白河时，车内播放了找人的通知：

立野兴业的立野先生，东京的三宅先生给您打来了电话，请您到9号车厢的电话间接听电话。

“找我？”立野由太郎自言自语道。

车内广播找人的通知反复播放着。

“我去问一下有什么事吧？”秘书落合准备起身去接电话，却被立野按住了。

“大概是三宅达郎先生吧。我不亲自接的话有些事说不清楚，还是我自己去吧。”

三宅达郎是东北出身的议员，在建设省很有影响力。这次立野由太郎购买东北新干线沿线的土地就受到了他的关照，明天的酒会上三宅达郎是重要的嘉宾。

“不要紧吧？”另一名秘书引地问道。

立野由太郎一听差点儿笑弯了腰，道：“你们还是把我明天的讲话稿再润色一下吧，文采要更好一些。”

天不怕地不怕的立野由太郎只有小学文化，为此，他的心里总是有一个疙瘩，特别是在正式场合讲话的时候，他总是很头疼，因此，他雇佣 T 大学毕业的人当秘书为他写讲话稿。

两位秘书连忙答应了一声“明白了”，便低下头去看明天的讲话稿。待立野由太郎的身影消失了之后，落合嘟囔道：“更有文采？说起来倒是容易哟。”

因为立野兴业在国外也搞宾馆经营和娱乐设施的建设，所以，立野喜欢在讲话时夹杂英语。

当两位秘书又在润色讲话稿的时候，21 次“山神号”列车到达了郡山站，停车两分钟之后便又发车了。

落合将红色圆珠笔放回衣兜，道：“改好了。”说罢，轻轻地伸了一下懒腰。

引地则点上了一支烟，道：“社长怎么还不回来？”

“是不是在跟三宅先生谈什么复杂的事情？”

“再复杂也不至于谈三十多分钟啊。”说罢，引地突然觉得不对劲，立即站起身来。

立野由太郎身体很强壮，但是他患有高血压，三个月前曾住院治疗过，所以引地担心他旧病复发。

“9 号车厢是餐车，也许社长打完电话之后在那里喝咖啡了，他老人家每天都得喝咖啡的。”

落合不以为意地说道。但是，引地还是走出了头等车厢向 9 号车厢走去。

餐车还在营业，在车厢的角落里有一个黄色的按键式电话机，一对年轻的情侣在欢天喜地地打着电话。旁边还有一个电话间，如果是从东京打来的电话，应当是在电话间里接听。可是，当引地向里看时，却发现里面没有人，于是他的表情紧张起来。

引地又看了一眼这个车厢，只见刚才打电话的那对情侣正靠着吧台喝着饮料，嘴里吃着三明治。另外还有三个公司职员模样的年轻男子，一边高声聊天一边喝着啤酒。

引地一脸迷惑。他从 7 号车厢走到 9 号车厢时中途并没有遇见立野。那么，他打完电话去了哪里？莫非去了厕所？立野已经是老人了，他最近说过自己经常上厕所。

引地心想，一定是立野打完电话就去了厕所，结果和自己擦肩而过了。于是，他快步走回 7 号车厢。然而，立野由太郎并没有回来。

“社长呢？”

听到引地的问话，落合觉得不解：“你不是去接他了吗？”

“奇怪，他没在 9 号车厢。”

“中途去厕所了吧？”

“我觉得也是，可是，时间也太长了。”

“咱们一起去找一找吧。”落合有些慌了，急忙站了起来。

他们当时看见立野由太郎走进了 8 号车厢，于是，二人走出 7 号车厢逐一检查了 8 号和 9 号车厢。每节车厢都几乎满员，他们查看着每一名旅客，一直找到了最后一节的 12 号车厢，都没有看到立野由太郎。

“为保险起见，咱们到6号车厢那边再看一下吧。”引地说完，他们从6号车厢查看到1号车厢，但是依然没见到立野的影子。

“情况不妙啊。”引地回到7号车厢，见到落合后叹了一口气。

这时的列车减速驶入了福岛站，慢慢停了下来。7号车厢下去了三名旅客之后，21次“山神号”又马上出发了。

“咱们去问一下列车长吧。”落合的话音刚落，正巧列车长走了过来，他环视了一下车厢问道：“这里有立野兴业的客人吗？”

“我们是。”引地和落合说着向列车长走过去。他们向列车长出示了身份证明，然后拉着他来到车厢之间的连接处。

“我们遇到一件非常麻烦的事情。”引地对列车长说道。

列车长递给他们一封信，道：“这是有一个人让我转交给您二位的信。”

信封上什么也没有写。

“这是什么？”

“我也不知道。火车停在福岛站的时候，一个戴着太阳镜的男子让我把这封信交给头等车厢里立野兴业的人。”列车长说道。

引地和落合对视了一下打开了信封，从里面抽出一张很大的信纸，信纸上写着寥寥数行文字：

我们扣押了立野由太郎社长。如果你们报警或者四处声张的话，我们就撕票。

你们老老实实地到盛冈去，在宾馆里等我们下一个指令。

第十二章

逃跑

1

第二天是 8 月 25 日，依然没有罪犯的任何消息，十津川他们内心十分焦急。

警方派到新宿打听情况的人也没有查到那两个人的名字。

在登别现身的青木琢二和宫本忍也去向不明，尚未归案。

本打算利用媒体曝光令罪犯陷入穷途末路，不想反倒使自己四面受阻。

“我真是想不明白，龟井君，罪犯为什么迟迟没有动静呢？”

“先别说这个事想不明白，今天一家晚报上报道的事情才更奇怪呢。”龟井说道。

“什么事情？”十津川警部急问。

“报上说立野兴业在盛冈新建好的宾馆要在今天下午 1 点钟举行开业仪式，可是，最重要的人物立野社长却没有到场。”

“立野由太郎？”

“是的。听说政界和财界的大人物都出席了仪式，可是，主人立野却不到会，这就太奇怪了。”

“什么理由？”

“说是突发急病。”

“要是真的病了倒也没什么。”

“另外，那家晚报在《人物》栏目里报道了立野由太郎的事情。我给你读一下吧。‘立野由太郎先生为了出席今天盛冈站前宾馆开业仪式，于昨夜乘坐21次‘山神号’列车来到盛冈。这家宾馆是立野兴业经营的第五十家宾馆。’”

“嗯。”

“开业仪式邀请了政界、财界的大人物，可是，昨晚就到达盛冈的立野由太郎却因病缺席，这实在令人觉得蹊跷。立野由太郎可是极在意与政界关系的人，就算身体真的不舒服他也会露面的。”

“你说得有道理。”

“我总觉得有些不对劲，或许……”

“对呀，莫非‘三十二会’的人把我们的注意力吸引到北海道，目的就是在盛冈对立野由太郎下手？”

“也许是绑架，因为他们也恨立野由太郎。”

“确定立野昨晚坐东北新干线到了盛冈？”

“报纸上是那么写的，可是，他没有出席开业仪式，也许中途出了什么事情。”

“好吧，调查一下。西本、田中，你们马上去了解一下立野兴业的情况，什么信息都要搜集。”十津川说完，又对龟井说道，“先去国铁总公司。”

2

在国铁总公司，十津川与龟井见到了总裁秘书北野。

“有些事情我们想麻烦你帮忙查一下。”十津川说道。

“和那个案件有关的事情吗？”

“我想是的。”

“您话里有话哟。”北野秘书脸色茫然。

十津川没有理睬他，继续问道：“昨天夜里，下行的东北新干线列车出现什么特别情况了吗？”

“没听说。所有的列车运行正常。”

“开往盛冈的21次‘山神号’列车是末班车吧？”

“是的。”北野秘书点了点头。

“这趟列车也没有异常吗？”

“嗯，没有接到情况报告。”

“我们可以见一见昨晚当班的列车长吗？”

“我联系一下。”北野马上打了电话，然后面带微笑地说道，“田村列车长现在正在大宫站，我让他在站长室等你们。”

“我们了解完情况之后会告诉你们的。”说罢，十津川便离开国铁总公司急忙赶往大宫站。

十津川迫切想要知道到底有没有发生情况，如果发生了情况，是否与勒索一亿两千六百万日元的案件有关。

到了大宫车站，站长助理出来迎接并把十津川他们领进了站长室，在那里他们见到了昨晚当班的田村列车长。

田村列车长是一个年近五十的小个子，大概是因为紧张，他表情僵硬地跟十津川打了招呼。

“昨天晚上，立野由太郎乘坐21次‘山神号’列车了吗？就是立野兴业的那位立野先生。”

听十津川这么一问，田村回答道：“我查票时，在头等车厢里看到了他，还有两位秘书跟他在一起。因为立野先生经常乘坐东北新干线，所以我在车上见过他好多次。”

“昨天夜里，列车上发生什么事情了吗？”

“是与立野先生有关的吗？”

“是的。”十津川警部点头。

“我记得车内广播通知说有人从东京打来电话找他，大概是在晚上8点20分左右，嗯……”田村列车长看了看笔记本，“电话是东京一个叫三宅的人打来的。”

“那么，立野先生去接了？”

“嗯，他接了。”

“还有别的情况吗？”

“列车到达福岛站时，一个二十五六岁的男子递给我一个白色信封，说立野社长的秘书在头等车厢里，让我把信转交给他们。”

“哦？”十津川的眼睛一亮，“信的内容是什么？”

“不知道，我只是负责转交。”

“给了哪位秘书？”

“有落合和引地两位秘书，我交给他们两个人了。”

“当时，立野先生本人在做什么？”

“他当时没在座位上。”

“那封信是在到达福岛时给你的吗？”

“是的。”田村列车长点了点头。

“电话是晚上 8 点 20 分从东京打给立野先生的？”

“对。”

“那两件事间隔的时间很长吗？”

“我觉得有三十多分钟。”

“难道在那段时间里立野先生一直在打电话？”十津川自言自语。

田村一听，仿佛想起了什么，道：“您这么说我想起来了，当时那两个秘书好像在找人，我看到他们在车厢里走来走去的。”

“找人？在车厢里走来走去？”十津川念叨着，眼神和龟井对视了一下。

“你在福岛车站见到的那个给你信的人在这些人里吗？”龟井把事先准备好的佐佐木彻等人的照片拿给田村看。

田村列车长一张一张仔细地看过，摇了摇头说：“没有。”

“是吗？我再问一个问题，那个人把信交给你之后他又做了什么？是一直坐到终点站了吗？”

“没有，他在福岛下车了，这一点我敢肯定。”

“你知道他是从哪儿上的车吗？”

“这个我就不知道了。”

“好的，谢谢你了。”十津川说道。

3

第二天，十津川和亀井来到位于东京八重洲出口的立野兴业总公司。

因为有了立野由太郎已遭绑架的先入为主的判断，所以，当他们走进立野兴业的办公大楼时，看到每个公司职员都觉得他们的举动有些怪异。

十津川和亀井向收发室出示了自己的警官证，特意表明要见社长立野由太郎。然后，二人饶有兴趣地等待着，看看会是怎样的结果。十津川心想，如果在平时，依立野的性格他会拒绝见面的。正在这时，一个高个子的男子走了出来。

“我是社长秘书落合。”自我介绍之后，他带十津川他们进了一楼的接待室。一名女职员端来了饮品。

“非常不巧，我们社长正好因公外出了，所以，公司的事务都责成我代为处理。”落合微笑着说道，可是他的笑容却很僵硬。

“可是，我们必须要见立野社长本人。”十津川说道。

“社长外出了，见不到的。”落合执拗地答道。

“他去哪儿了？又是东北吗？告诉我们地址，我们去那里找他。”

“社长去盛冈出差之后就直接出国去了，要过四五天才能回来。”

“出国了？”

“是的。因为我们公司在美国西海岸、夏威夷、关岛、塞班岛以及东南亚都有连锁酒店，还经营餐馆和娱乐设施。”

“可是，社长出国办业务你这个秘书怎么不同行呢？”

听到十津川这么一问，落合秘书瞬间露出一丝狼狈之相，但是马上又恢复了常态，道：“我们社长有好几位秘书，没必要所有人都跟着去。”

“落合先生，前天晚上，你跟立野社长一起坐东北新干线去盛冈了吧？”龟井从旁发话了。

“是的，为了出席在盛冈新建宾馆的开业仪式。可是，社长突然感到不舒服就没有出席。”

“在新干线列车上发生了什么事情？”龟井追问道。

“没发生什么事情。”

“有一个从东京打给立野先生的电话吧？”

“是的。是社长认识的一位议员打的。社长坐新干线时接到电话可是常有的事哟。”

“后来，你从列车长那里收到了一个白色的信封。我们已经见到了那趟列车的田村列车长，他都告诉我们了，所以请你不要再说假话了。”

“我可没说假话。我确实从列车长那里收到了一封信。”

“信上写了什么？”

“是鼓励社长的话。我们社长是很了不起的人，可是，媒体有偏见总是攻击他，说他是政治商人，例如在这次东北新干线开通的过程中就有人指责他利用政商勾结大发横财。那人在信里鼓励社长不必在意指责，期待他为国家建设做出贡献。”

“可以把信给我们看一看吗？”

“我很乐意给你们看，可是，信在社长那里，被他带到国外去了，可能是他很喜欢那封信吧。”落合微笑着说道。

十津川明白落合在撒谎却依然神态自若地问道：“据列车长讲，在前天的新干线列车上你和另一位秘书慌慌忙忙地逐一车厢查看，你们在找谁？”

“有那种事吗？”落合秘书反问道。

十津川一边在内心里苦笑着一边说道：“就是在立野先生去接东京打来的电话之后。如果你不介意的话，我们可以把那天晚上当班的列车长请到这儿来做证。”

“噢，我想起来了。当时因为社长很长时间没回来，所以我们很担心，于是就去找他，结果发现社长是去了厕所，我们才放心了。”

“你知道‘三十二会’吗?”十津川警部突然问道。

“嗯? 什么‘三十二会’?”落合秘书吃惊地睁大了眼睛。

“我希望你说老实话。”说罢，十津川从椅子上站起身来朝窗户走去。

落合不安地盯着十津川的背影，道:“我想我一直在老老实实地回答着你们的问话。”

“落合先生，立野先生前天在21次‘山神号’列车上是不是被人绑架了? 列车长交给你的是不是一封恐吓信?”

“不是的!”

“如果是罪犯封你的口，你也但说无妨，我们会秘密处理这件事的。”

“哪有的事，我们社长安然无恙，他现在人在海外。”

4

十津川和龟井刑警回到了警视厅。

为了慎重起见，他们向前天晚上给立野由太郎打电话的议员了解了情况，对方否认曾打过那个电话。

很明显，有人冒充这名议员给立野由太郎打了电话，把他从头等车厢骗到了9号车厢。

十津川在黑板上画出了9号车厢的简图开始向警员们讲解：“我认为罪犯用很简单的办法实施了绑架。9号车厢有一半是座椅，另一半是餐台，餐台旁边是电话间。罪犯就是利用了9号车厢的这种结构实施犯罪。”

十津川指着简图继续讲道：“因为撤掉了一侧的座椅，所以9号车厢里是可以放轮椅的。罪犯大概是两个人，让其中一人坐在轮椅上，伪装成残疾人在9号车厢里等候。同时，在东京的同伙冒充议员给立野由太郎打电话，把他骗到9号车厢的电话间。这时两名罪犯把轮椅堵在电话间的门前，二人进入电话间，或者通过殴打，或者用氯仿麻醉，使立野由太郎失去意识，然后把他放在轮椅上。这时，原先装成残疾人的罪犯变成了普通旅客，另一个罪犯推着轮椅上的立野由太郎在郡山下了车，那个同伙在福岛下车时把恐吓信交给了列车长。”

“可是立野的秘书却说他去了海外，简直是睁眼说瞎话。”龟井咂咂嘴说道。

十津川嘴里念叨着“海外”，突然大声说道：“对呀，龟井君，就是海外。”

龟井一脸惊讶地说道：“立野不可能在海外，因为他现在被‘三十二会’的人给绑架了。”

“不是立野是否在海外的问题，我说的是罪犯绑架立野的目的。如果他们的目的是为了钱，那么，当初在‘山神号’列车上安炸弹的时候就应该也从立野那里勒索更多的钱。再说，他们已经得到了一亿两千六百万元了，他们的目的已经达到了，所以绑架的目的不是为了钱。”

“他们不是痛恨立野吗？”龟井刑警问道。

“当然有痛恨的一面，可是，如果只是为了解恨的话，也用不着绑架。或者干脆杀了他，或者暴打他一顿也可以，然而，罪犯却费尽心机绑架了他。为什么？为了去海外！龟井君，罪犯们为了逃往海外，所以才绑架了立野由太郎。”

“哦，有道理。立野兴业在国外也是有产业的，听说经营宾馆和娱乐设施。”

“我认为罪犯的目的就在这里。他们的姓名、照片都上了报纸和电视，所以，他们在压力之下企图通过绑架立野由太郎来达到逃往海外的目的。或者说，这个计划也许在他们犯罪之初就已经制订好了，他们之所以利用立野就是对他抢走自己到嘴肥肉的报复。”

“可是，他们怎么逃走呢？他们当中只有两个人有护照，而那两个声东击西的人在北海道。剩下的人没有护照，机场和港口等出境口岸也都被警方监控起来了，所以想要离境是不可能的。即便那两个不知名的罪犯可以逃走，但是其他人还是逃不掉的。”

“他们绑架立野由太郎的目的就是要将不可能变为可能。”十津川笑着说道。

“他们会怎么干呢？”

“我们要火速进行调查，必须查清两个事情：第一，调查立野由太郎的能量，看他是否有能力把没有护照的人弄到海外去，并且不单单是要弄出去一两个人，而是多个人；第二，要查出犯罪同伙中剩下那一个或两个人的名字，因为他们没暴露在警方的视野里，肯定会积极活动的。”

“好的！”亀井刑警点头答应了。

“要抓紧时间。既然他们已经绑架了立野由太郎，就肯定会按计划开始行动了。”

“是啊。从立野在21次‘山神号’列车上被绑架到现在已经快四个小时了。”亀井说道。

那么，罪犯究竟要干什么呢？

5

在新宿闹市区调查情况的日下和樱井两位警官传回了第一个消息。

“又发现‘三十二会’成员的两个新名字。”日下和樱井赶回警局兴致勃勃地向十津川汇报道。

“两个什么人？”十津川问道。

“一个叫清水进，二十五岁，也是昭和三十二年出生。另一个叫明石秀彦，今年四十岁。您想知道这两个人的来历吗？”年轻的日下得意扬扬地说道。

“不会是警察吧？要是警察的话那可成了大丑闻了。”

“当然不是。清水进是立野兴业的员工。那个明石秀彦原来是国铁的职员，由于被发现有受贿行为最近被开除了。明石曾经是国铁车辆工厂的负责人，在车辆招标的过程中从厂家收受了贿赂。据说受贿金额多达上千万日元，大概他把这笔钱投给了‘三十二会’。明石不是昭和三十二年出生的，不过，估计那个二宫由美只认钱不认年龄吧。”

“有道理。”十津川点了点头。

“所以，‘三十二会’事先知道东北新干线在白石的哪里通过，当然，立野兴业也知道。所以，‘三十二会’才提前买下了土地，只是最终被老狐狸立野得了手。”

“这么说，‘三十二会’的成员是从前国铁职员明石那里获得了新干线建设和白石藏王站的详情。清水在两年前突然向立野兴业提出辞职，是为了提前领取退职金。”

“大概他也把退职金投资给了‘三十二会’。暂且不考虑这些人是好是坏，他们把自己所有的钱都赌在了‘三十二会’上，所以，为了讨回本钱才做了这样的大案。”

“那两个人的照片我也弄到了。”日下说着把两张照片放在了桌子上。

“日下，你把照片拿给21次‘山神号’的列车长看一看，问一下这里有没有交给他信件的人。”

“是！”

“樱井，你核实一下这两个人是否有护照。”

十津川下达完指令之后，拿出一份地图摆在了桌面上。其实这是一份立野兴业的宣传广告。

走向世界的立野兴业

地图上一行宣传文字映入十津川的眼帘。

在这份世界地图上标明了立野兴业经营的饭店、高尔夫球场、游乐园等，在美国和东南亚共有将近三十处。

“警部，你认为罪犯可能去其中的哪一处吗？”亀井在一旁问道。

“是啊，立野兴业经营的宾馆和娱乐设施里有日本人员工，这一点谁都不会觉得奇怪。”

“可是，罪犯打算怎么出国境呢？立野在政界和商界再有能耐，要把好几个没有护照的人弄出国外恐怕也是不可能的吧？”

“罪犯绑架立野就是要逼迫他把他们送出日本。我想他们大概会采用这样的办法：立野兴业派遣公司的员工赴海外的宾馆当服务员或当带班，罪犯就冒充这些真正的员工，使用他们的名字和护照。”

“有道理。”

“可是，这么多人一起出国要有合理的名目才行。向已经步入正轨的宾馆重新派遣多个人是不正常的，离境的时候会引起海关怀疑的。”

“那样的话，最好是在海外有新开业的宾馆或者其他设施，为了开业准备而派出多名员工就说得过去了，而且还可以统一办理签证。”

“你去调查一下吧，但是不要让社长秘书落合和引地知道。”

“好的。”龟井马上带着部下田中走出了房门。

6

21 次“山神号”列车长从日下出示的两张照片中指认出清水进，证明他就是交给自己信件的人。

“毫无疑问，那个人就是清水进。”日下立即从大宫车站给十津川打了电话。

“这么说，恐吓信不是他亲手交给立野的秘书的。”

“是的。清水原先也是立野兴业的员工，大概他是害怕被落合和引地认出来，所以，才让列车长转交的。另外，还弄清楚了一件事。”

“什么事？”

“那个轮椅的事。据车站的站员回忆，那天除了坐在轮椅上的人之外，还有一个推轮椅的人，他们一起上了21次‘山神号’列车。推车的是一位二十五六岁的年轻男子，坐轮椅的人戴着帽子，身上披着毛毯。车票是买到郡山站的。”

“果然如此。在郡山他们把昏迷的立野由太郎放在了轮椅上并一起下了车。当然还给他披上了毛毯，戴上了帽子，而且帽檐压得很低。在郡山站外，应该还有他们的同伙在车里等待。”

另一边，调查清水进和明石秀彦的警员也已经查清二人都有护照。于是，二人照片复印件被分发给在机场和港口布控的警察。

时间在一分一秒地过去，距离立野由太郎被绑架已经过去四十个小时了。

警方起初并没有想到罪犯在绑架立野之后会从容地按计划逃往海外，而现在看来，罪犯早在8月8日实施第一起案件时就把一切都计划好了。

龟井回到警署向十津川汇报道：“调查清楚了！警部，立野兴业出资要在菲律宾的宿务岛建一个大型宾馆。”

“原来是宿务岛。”

“因为那里景色优美，所以近来有许多日本游客前去旅游。那里也有菲律宾屈指可数的别墅区。立野兴业买下了那个岛的海岸，建了一座十四层高的宾馆，是休闲设施齐备的度假宾馆。”

“什么时候开业？”

“下个月。据说宾馆要采用日本式服务，所以立野兴业要派十六名经过培训的员工过去，他们明天上午10点乘坐日航班机从成田机场出发。”

“竟然有十六个人！”

“对，听说十六个人里有五个女的。”

“看来罪犯是想混入其中出逃。他们将使用立野兴业员工的护照，因为社长成了人质，所以立野兴业会同意那么做的。”

“落合秘书应该早就知道这些事情，把他叫来问一下怎么样？”

“不，不必叫他。这件事关系到社长的性命，落合作为秘书只能一直跟我们装糊涂。他是一个对社长非常忠诚的人。”

“那么，咱们明天在成田的新东京国际机场布控抓捕他们。”

“对！明天，我们也去成田！”

第十三章

新东京国际机场

新東京国際空港

1

上午 8 点，十津川带领龟井、西本、日下和樱井四名警察到达了成田。

千叶县警方已经在新东京国际机场的候机大厅布控完毕，十津川说出了自己的想法，请求千叶县警方配合行动。

上午 10 点，经由马尼拉飞往曼谷的日航班机即将起飞，这是一架波音 747-LR 型飞机。

罪犯们准备利用的大概就是这趟班机。

十津川他们到日航班机的服务台要来了乘客名单，预约者中果然有立野兴业的十六名员工的名字，落合秘书的名字也赫然在列，其中既没有“三十二会”的二宫由美和佐佐木彻的名字，也没有清水进和明石秀彦的名字。

立野兴业的员工名单中包括落合在内有十一名男性和五名女性。罪犯二宫由美他们肯定冒充十六个人中的某些人，并利用他们的护照准备逃往菲律宾。

由于都是立野兴业的员工，而且是十六个人的团体，所以，海关工作人员是不会逐一详细检查的。罪犯们利用的也正是这一点。

“这十六个人来办登机手续的时候，请暗示给我们。”十津川对日航服务台的工作人员说道。

时间刚过9点，服务台的女员工就向躲在柱子后边的十津川发出了暗示。十津川看到了站在服务台前身穿西服的落合，还有在他身后的十五名男女。

“罪犯就在这些人里。”十津川确信无疑，于是向其他警察发出了暗号。

警察立即将落合等人包围起来。

“落合先生！”十津川喊道。

落合秘书看到十津川表情显得有些吃惊，开口问道：“你们这是干什么？”

“这几位都是立野兴业的员工吗？”

“当然。他们都是派往宿务岛宾馆的员工，我们的宾馆下个月就要开业了。”

“我们得到情报说在这些人里有勒索国铁和绑架立野社长的罪犯。”

“胡说！我首先声明，本公司社长根本就没有被绑架！”

“那他现在在哪儿？”

“他已经先期到达了宿务岛。我们十六个人全部都是立野兴业的职员，没有一个可疑人员。”

“那么，让我们检查一下可以吧？”

“我们马上就要登机了！”落合皱了皱眉说道。

“别担心，用不了多长时间。”十津川说道。

于是，他们对落合以外的十五个人的相貌逐一与护照进行了核对。

十津川曾信心十足地认定罪犯就在其中，否则他们就没有理由绑架立野由太郎。然而，他的信心渐渐崩溃了，十五个人里没有罪犯。既没有二宫由美也没有佐佐木彻，非但如此，就连“三十二会”的成员中被认定为是罪犯的人也一个都没有。

2

“这回您满意了吧？”落合秘书带着讽刺的眼神看着十津川。

十津川一败涂地。

“看来是我们判断错了。”十津川丧气地说道。

“那么，我们现在去登机，可以吗？”

“可以了。”十津川除了同意还有什么话可说呢？

在落合的带领下，十六名立野兴业的员工消失在登机口。

“咱们失算了。”十津川对龟井说道。

失败感使他的声音变得低沉无力。

“我也曾坚信罪犯就应该在那几个人里边。”龟井泄气地说道。

“立野兴业在宿务岛以外的地方有没有新开业的宾馆或休闲娱乐项目？”

“没有了。明年9月倒是有一家宾馆准备开张，在关岛。”

“那不是。罪犯们等不了明年，他们今年就想逃出去。”

“是啊。”

“除了这十六个人之外，是否还有第二批人去宿务岛？”

“这个我们也调查过了。立野兴业这次派遣的员工就这十六个人，其他员工在当地招聘。这十六个人是负责日式服务培训的，如果全部使用日本员工的话当地人是不买账的。”

“难道罪犯不想逃往海外了吗？”十津川陷入了沉思。

“那他们为什么要绑架立野由太郎呢？说不通啊。”

“是啊，他们已经弄到了一亿两千六百万日元，没必要再勒索金钱了。”

“可是……”

“咱们要再好好想一想。”

十津川坐在大厅的沙发上冥思苦想起来。

“三十二会”的人绑架了立野由太郎，这一点已经没有疑问。绑架应该不是为了勒索金钱，因为他们已经得到了一亿多元巨款。他们绑架在海外拥有大量宾馆和娱乐设施的立野应该就是为了逃离日本。可是，问题出在哪里了呢？

十津川想着想着突然问身边的龟井：“龟井君，你说过在宿务岛建的那个宾馆规模很大吧？”

“是的。在宿务岛是最大的，有十四层楼，光客房就有八百多个。”

“还带有娱乐设施？”

“有的。”

“房间里配备的家具、电视机、洗浴设施他们是怎么弄的？我觉得这些东西全部在当地解决是很难办到的。如果是日式服务的话，那么这些东西多半应该从日本运过去吧？”

“我问一下。”

龟井跳起来向大厅的电话机跑过去。五六分钟以后，龟井兴奋地跑了回来。

“和你说的一样，电视机之类的物品都是从日本国内运过去的。如果一个房间一台电视机，总共得有八百多台。”

“怎么运过去的？”

“装在集装箱里用轮船运过去的。”

“什么时候运的？”

“听说是昨天傍晚从横滨港起运的。”

“去横滨港。”十津川说道。

3

十津川他们到达横滨港的时候已经是当天下午了。

夏季残阳的强光照射在海港上。

立野兴业包租的八万吨集装箱船“黎明丸”已经于昨晚6点启程驶往菲律宾。

“那艘船没什么可疑之处。”一个叫作小池的出入境管理员对十津川说道。

“既然是立野兴业的包船，那么船上应该有立野兴业的人吧？”

“有。社长立野由太郎先生和两名秘书。”

“社长？”

“是呀。”

“你肯定是立野社长吗？”十津川追问了一句。

小池神色不悦地说道：“我认识立野先生，而且，我还检查了他的护照。”

“那两个秘书长什么样？”

“两个人都很干练，一看就是公司的精英职员。因为立野先生对我说了那两个人是他的秘书。”

“你还记得那两个人的名字吗？”

“我看了他们的护照，嗯……一个叫清水，一个叫明石。那两个人有问题吗？”

“他们俩是假秘书。”

“可是，立野先生说他们俩是秘书啊！”

“他是被胁迫的。‘黎明丸’上只有他们三人吗？”

“嗯，只有他们三个人。当然，船员除外。”

“罪犯会混在船员中吧？”龟井说道。

“那不可能。船员的话，我们之间都脸熟，再说了，不懂行的人也干不了船员的活儿。”小池说。

“不过，我认为罪犯肯定是乘坐‘黎明丸’逃走的，因为清水进和明石秀彦两个人胁迫立野由太郎在船上。”

“因为立野由太郎被绑架的事秘而未宣，所以清水和明石在被通缉之前就顺利地上了船。”十津川懊恼地说道，转而又问小池，“‘黎明丸’现在在什么地方？”

“大概在四国岛的海域。”

“能让‘黎明丸’停下来吗？”

“那是海上保安厅管的事，我们做不到。”小池笑了笑。

十津川借用电话联系了海上保安厅。

“我们掌握了‘黎明丸’的航线。”对方指挥室的人员回答道，“目前正在距离室户岬一百二十公里的海面上，以十二节[①]的速度全速向西南方向航行。”

“那艘船上有绑架、杀人和勒索金钱的罪犯！”十津川警部声嘶力竭地喊道。

“是吗？”

“是的。请协助我们抓捕他们。”

---

① 节，航海速度单位，一小时航行一海里的速度为一节。

“明白。我们立刻联系鹿儿岛辖区总部，请求他们派巡逻船追踪。”

“我们也要一起去。”

“没问题。请你们马上乘飞机赶到鹿儿岛来，我让他们派人去机场接你们。”

挂断电话，十津川和龟井便火速向羽田机场赶去。他们赶上了下午1点45分起飞的东亚国内航班，并于下午3点30分到达鹿儿岛机场。机场上，鹿儿岛海上保安总部的直升机已等在那里。

“‘三浦号’巡逻船已经准备完毕，正在待命。快走吧！”

十津川和龟井一钻进机舱，直升机就起飞了。直升机眨眼之间就来到了鹿儿岛市区的上空，降落在位于新港后端的辖区总部的屋顶上。

岸边停泊着一艘两千吨的大型巡逻船，纯白色的船身反射着午后的阳光。

十津川和龟井简单地跟总部长寒暄之后，迅速登上了“三浦号”巡逻船，二人直接被带进了船长室。

身材魁梧、脸膛黝黑的梶本船长接待了十津川和龟井。

室内书架上有一个玻璃盒，里边装着一个小人偶，自由搏击运动员般魁梧的船长和那个小小的人偶形成了有趣的反差。十津川以前曾上过一艘巨型油轮，那个船长也在船长室里摆有人偶。也许是因为这些人整天置身在茫茫大海之中，所以才喜欢搜集小巧可爱的人偶吧。

“三浦号”开始慢慢驶离海岸。

“两个小时以后就可以追上‘黎明丸’。”梶本船长说罢，顺手递给十津川和龟井每人一罐饮料。

十津川抬手看了看手表，时间即将到下午4点钟，两个小时以后，海面上还不至于黑暗。

“案子的情况我已从总厅那里听说了。你们带逮捕令了吗？”

“带来了。”

“听说对方有好几个人，准确的人数是多少？”

“七个人，不过也许会少一个人，因为有一个人和他的恋人逃到北海道去了。”

巡逻船一驶出鹿儿岛就渐渐加快速度向鹿儿岛南部驶去，随着发动机运转的加快，船身也开始微微摇晃起来。

“如果‘黎明丸’驶进公海，按照法律规定我们就无法逮捕船上人员了。”龟井担心地说道。

梶本船长笑了笑说道：“我事先已经和‘黎明丸’的船长联系过了，要他尽可能在日本领海内航行。”

“他同意了？”

“同意了。”梶本船长肯定地点了点头。

“那说明罪犯没有控制‘黎明丸’。”

“罪犯只有七个人，除非他们有机关枪，否则想要控制三十二名船员那是办不到的。”梶本船长自信地说道。

4

三浦号离开了鹿儿岛港湾继续向南航行。

“到船桥上去看看吧。”梶本船长提议道。

来到船桥，蔚蓝色的大海一览无余。虽然今天的大海风平浪静，但是以二十一节全速行驶的“三浦号”劈波斩浪，两千吨重的船身摇晃不止。

“我们在种子岛海域能追上‘黎明丸’。”梶本船长把罗盘的指针对准了东南方向。

不多时，在右前方就看到海岛的影子。那就是种子岛。

“雷达发现疑似‘黎明丸’的船只！”雷达员大声喊道。

“距离多少？”

“四公里。”

“果然不出我的所料。”梶本船长看了看十津川，脸上露出得意的笑容。

不久，集装箱船特有的船体就出现在前方。

“发现‘黎明丸’！”船员高喊道。

“你用这个看一下吧。”说着，梶本船长把望远镜递给了十津川。

十津川专注地看向前方那艘船，船头上“黎明丸”三个大字清晰可见。甲板上堆放着一排排的集装箱。但是，船上的情况尚不得而知。

距离一点点缩近，“三浦号”向“黎明丸”发出了停船的命令。十津川和龟井两个人在船桥上紧张地盯着“黎明丸”，看上边的人作何反应。

如果罪犯劫持了这艘船，他们就会威胁船长，进而不理睬停船的命令。

梶本船长同样紧盯着“黎明丸”，观察着它的动静。

“黎明丸”听从了命令，很快降低了速度。

“三浦号”上终于出现了轻松的气氛。

随着“三浦号”的靠近，才感到“黎明丸”船体的庞大，它那八万吨的船身足有“黎明丸”四十倍的重量。当“黎明丸”完全停下之后，“三浦号”也在距其约一百米的地方停了下来。

从“三浦号”上放下来一艘小艇。

十津川和龟井带上手枪和针对二宫由美等人的逮捕令跳上了小艇，此外还有医生和海上保安官等五人，为防万一，他们穿上了防弹背心，也带上了手枪。

小艇的发动机在海面上发出刺耳的声响向“黎明丸”驶去。“黎明丸”上已经放下了舷梯，有五六个船员俯视着靠近的小艇，其中并没有罪犯模样的人。

待小艇到达“黎明丸”船侧，十津川和海上保安官顺着高高的舷梯登了上去。奇怪的是，船上非常平静，没有任何异常。

十津川一边拾级而上，一边在心里琢磨此时罪犯的行踪。

当他们登上货船的时候，身着制服的船长已等在甲板上了。

“立野由太郎先生在什么地方？”十津川向船长问道。

“他是货主，所以我们为他提供了一个单间，现在他正跟两个秘书在那里休息。”

“带我们过去。”

“好的，跟我来。”

说罢，船长带着十津川等人向船桥走去。

船桥共有五层，船长说立野由太郎等人在三层，于是他们乘电梯来到了第三层。

船舱内既听不到嘈杂的声音也没有汽油的气味，若不是能看到大海真会令人产生置身于宾馆的错觉。

“离开横滨之后，立野先生和两位秘书就一直待在屋里没有出来过。”船长不解地说着，而说话间他们已来到了立野的房间。

十津川掏出手枪，然后开始敲门。

“开门！我们是警察！快开门！”

可是，房间里面没有回应。

“把门踢开，冲进去吧！”龟井的话音刚落，房门突然开了。

十津川、龟井以及海上保安官立刻举着枪冲了进去。

两个面色苍白的年轻男子高举双手站在屋里。

“我们不会反抗的！”其中一个人说道。

“你们是清水进和明石秀彦吗？”十津川求证道。

“是。”

“立野由太郎在哪里？”

“在那边的床上躺着呢。怕他乱说乱动，我们给他服了安眠药，但是他并没有死。”

“其他同伙在哪儿？”

“不知道，大概还在日本吧？”清水进和明石秀彦摇头说道。

5

“二宫由美和佐佐木彻真的还在国内吗？”在甲板上，龟井看着十津川问道。

清水进和明石秀彦被戴上了手铐，用小艇押到了巡逻船上。随船来的医生则来到“黎明丸”上，为陷入昏睡的立野由太郎进行检查。

“二宫由美和佐佐木彻也在这艘船上！”十津川自信地说道。

如果只是清水进和明石秀彦二人逃往海外的话，根本没有必要绑架立野由太郎，因为此前警方没有掌握这两个人的信息。而且他们两个人都有护照，完全可以拿着他们那份钱早早地离开日本。可是他们偏偏要绑架立野由太郎，然后和立野一起乘坐这艘集装箱船逃往菲律宾，这一点就很不正常。

“可是，船上并没有二宫由美和佐佐木彻啊？”龟井回头望着甲板说道。

虽说“黎明丸”是一艘八万吨的巨轮，但终究只是漂浮在海上的密闭空间，所以他们只能是在船上。

“他们会不会藏在集装箱里？”十津川突然问道。

高达十米、长约十五六米的集装箱，就摆在甲板上。集装箱内部空间十分宽敞，人在里面铺上褥席，备足食品，是可以悠闲地到达菲律宾的。到达目的地之后就可以从容下船逃跑了。

于是，十津川向船长借来了手提话筒。

“躲在集装箱里的罪犯听着！我是警视厅的十津川。你们马上出来！如果五分钟内不出来，我们将把集装箱一个一个地扔到大海里去。”

喊话重复了两遍，可是一分钟过去了，依然没有反应。

“启动起重机！”十津川向船长说道。

甲板上的起重机发出沉闷的声响缓缓启动。几乎就在同时，甲板上一个集装箱的箱门开了，一对面色苍白的男女一前一后从里边走了出来。两个人正是二宫由美和佐佐木彻。

二宫由美看到了十津川，开口问道：“你们抓到青木琢二和阿忍了吗？”

“不，还没抓到。”

“让他们跑吧，因为他们俩是真心相爱的。”

“既然如此，他们真不该卷进这个案件中来呀。”十津川摇摇头，神色黯然地说道。